나는 성공에 사로잡힌 사람이 아니라,
내 안에 있는 빛에 사로잡힌 사람이다.
Abraham Lincoln.

생명보다 귀한 당신의 꽃나무를 위해
Truman K..

Prologue

맑고 순수한 치치포
자신의 생명과도 같은 꽃나무
그리고 주어진 사명 하나
꽃나무를 지키는 것

도무지 이해 할 수 없는 상황의 연속
그 속에서 휘몰아치는 극한의
기쁨과 좌절과 고통

꽃나무를 파괴하려는 4마리의 동물들과
그들에게 주어진 용황제의 무기들

치치포와 꽃나무를 사랑하는 곤충들이
힘을 합쳐 벌이는 마지막 전쟁

이 모든 여정 속에 함께하며
지식과 지혜와 연합과 용기로
위로를 건네는 바람의 소리

작가의 말

우리가 불행한 이유는 힘겨운 싸움 때문이 아니에요.
여전히 나의 꽃나무를 피워내지 못 했기 때문이죠.

치치포와 함께 생명 보다 귀한 당신의 꽃나무를 발견해 보세요.
그리고 들려오는 바람의 소리에 귀를 기울이세요.

따뜻한 향기가 동산을 가득 채우고
생명이 살아나는 놀라운 기적을 만들어낼 거예요.

목차

Chapter 1.
눈을 뜨다

여러분은 엄마 뱃속에서 나올 때를 기억하고 있나요?

아마도 기억하는 친구들은 아무도 없을 거예요.

사실 여러분들은 엄마와 아빠의 사랑을 통해서 만들어졌고,

그 사랑은 생명을 창조하는 힘이 있어요.

하지만 모두가 꼭 그런 것만은 아니랍니다.

치치포의 포켓 월드에서라면 말이지요.

그 곳에는 해도 있고,

달도 있고,

아름답게 반짝이는 별도 있어요.

하지만 그 누구도 '몇 시야?'라고 묻지 않는 이상하면서도

신기한 세상이랍니다.

왜냐하면 그 곳에는 시간이라는 말이 없기 때문이에요.

또한 그 곳에는 작은 동산이 있고,

동산의 동쪽에는 꿀물보다 달콤한

물이 흐르는 시내가 있어요.

시내 옆으로는 넓은 풀밭이 펼쳐져 있고,
그 곳의 풀들은 항상 가지런히 정리가 되어 있었습니다.

풀밭 중앙으로 누가 만들었는지 모를 오솔길이 하나 있는
데, 그 길은 밝은 황토색 빛깔을 띠고 있었어요.

그 길은 끝없이 이어져 있어서 누구든지 그 길을 따라 걸어
간다면 동산 어디든 마음껏 갈 수가 있었죠.

풀밭의 반대편으로는 짙푸른 숲이 마치 바다처럼 펼쳐져 있
지만 그 숲을 지나 더 나아가게 되면 온통 흙과 자갈뿐인
광야가 펼쳐져 있었어요. 그 광야는 거센 바람과 모래 폭풍
이 일 년 내내 멈추지 않는 곳이었습니다.

광야와 울창한 숲,
푸른 들판이 있는 그 곳에 어느 날 한 아이가 생겨났습니다.
그 아이의 이름이 바로 치치포였습니다.

따스한 햇살 아래 덥혀진 푹신한 잔디밭 위에 누워 있던 치
치포는 비록 혼자였지만 외로움을 느끼지는 않았어요.
다만 치치포는 이제 막 생겨났고, 눈꺼풀이 마치 아교로 붙여
놓은 듯 딱 달라붙어 떨어지지 않아서 앞을 볼 수 없었어요.

'어! 이상하다. 이게 뭐지?'

앞이 보이지 않은 치치포는 손을 들어
자신의 몸 이곳저곳을 더듬어 보았어요.
손끝에 느껴지는 피부의 감촉은
너무나 따뜻했고 보드라웠습니다.
치치포는 머리끝에서 발끝까지 천천히 손으로 더듬으며
자신을 느껴보았습니다.

그러다 힘이 들면 그냥 풀밭에 누워
온몸으로 전해지는 따스한 햇살을 느껴 보았어요.
그리고 불어오는 시원한 바람도 느꼈어요.

비록 손이 없는 햇볕과 바람이었지만
그것들은 치치포의 마음을 따스하고
부드럽게 만져 주었습니다.

'아~ 따뜻해. 바람은 음. 시원하구.'

치치포는 등을 대고 누운 채로
허공에 팔을 들어 바람을 어루만졌습니다.
그리고 바람을 따라 살랑살랑 팔을 천천히 저었습니다.

그러자 손끝에 잠자리가 내려앉아
치치포의 손가락을 간질이기 시작했습니다.

아직 눈을 뜨지 못한 치치포는 손을 간질이는 것이
잠자리라는 사실을 알 수 없었지만
그 느낌이 너무 재미나서 마구 웃음을 터트렸습니다.

'하하하하. 간지러워. 하하하.'

치치포는 자신의 손을 간질이는 것이
누군지 점점 궁금해지기 시작했습니다.

'내 손을 간질이는 넌 누구니?'

그러나 잠자리는 치치포의 목소리를 듣자마자
다른 곳으로 '엥'하고 날아가 버렸습니다.

치치포는 잠자리가 떠나간 뒤에도
한참을 그렇게 누워 있었습니다.

얼마나 더 누워 있었을까요?

불현듯 치치포의 머릿속으로
자신이 혼자라는 생각이 찾아 들었습니다.
그런 생각이 들기까지 얼마나 시간이 흘렀는지는
치치포도 알 수 없었습니다.

단 오 분일 수도 있고 20년이 흘렀을 수도 있지요.
우리가 기억해야 할 것은 이곳에는
시간이라는 말 자체가 없다는 점입니다.
혼자라는 생각이 든 치치포의 마음은 점점 무거워졌습니다.

치치포는 손가락을 간질이던 잠자리가 다시 돌아와 주기를
바라며 팔을 다시 한 번 이리 저리 흔들어보았습니다.
하지만 잠자리는 끝내 돌아오지 않았습니다.

치치포는 이내 손에 만져지고 귀에 들려지고 코로 맡아지
는 세상이 어떤 모습인지 궁금해지기 시작했습니다.

그러나 아무 것도 볼 수 없다는 생각이
치치포를 조금씩 슬프게 만들었습니다.

해가 서서히 지고 어둠이 내려앉자
치치포의 눈꺼풀 사이로 스며들던 환한 빛도
점점 약해지다가, 어느 새 사라져 버렸습니다.

그 은은한 빛마저 사라진 온통 캄캄한 세상,
치치포는 이내 무서운 마음이 들기 시작했습니다.

어둠은 아무것도 아니랍니다.
사실은 어둠을 타고 의심이라는 녀석이
치치포의 마음속으로 몰래 들어온 탓이었죠.

의심이란 녀석은 우리의 마음속으로 들어와,
우리로 하여금
존재하지도 않고
우리를 해할 수도 없는
어떤 무언가를 마음속에 조용히 심은 뒤,
그것으로 우리의 마음을 가득 채워버리고 만답니다.

치치포도 마찬가지였어요.

빛이 사라지자
의심이 어둠을 타고
치치포의 마음 안으로 몰래 들어온 것이었어요.

그리고 그로 인해 두려운 마음이 커진
치치포는 끝내 울음을 터트리고 말았습니다.
'으앙~ 흑흑흑... 무서워... 아무것도 볼 수 없어...
눈앞을 환하게 해주던 환한 빛도,
날 안아주던 따스한 기운도 이제는 모두 가버렸어...
흐아아앙...'

울음과 함께 치치포의 눈에서
뜨거운 눈물이 마구 쏟아졌습니다.

수도꼭지에서 나오는 물을 손으로 막을 수 없듯이
치치포의 얼굴을 가린 손은
쏟아지는 눈물을 막을 수 없었습니다.

치치포는 한참을 울었어요.
울고 나면 항상 얼굴에 눈물이 잔뜩 묻어있죠.
하지만 동시에 울음은 마음속을 씻어주는 역할도 한답니다.
한차례 눈물을 쏟고 나자
치치포의 마음속도 한결 편안해졌습니다.

치치포는 잠시 울음을 그치고
무심코 눈물이 잔뜩 묻은 눈 주변을 손으로 비볐습니다.

그러자 신기하게도
눈물에 흠뻑 젖어 있던 눈가에서
무언가 '툭' 하고 떨어져 나갔습니다.

치치포는 눈 위가 한결 시원해지는 걸 느꼈습니다.

그래서 양손으로 다시 한 번 눈두덩을
세게 문질러 보았습니다.
그러자 눈가에 붙어서 치치포를 답답하게 했던
두툼한 딱지들이 툭툭 떨어져 나갔어요.
눈꺼풀을 덮고 있던 딱지들이
모두 눈물에 녹아 버린 것이었어요.

눈을 뜬 치치포는 있는 힘껏 눈에 힘을 주었습니다.

그러자
달빛이 비추고 있는 아름다운 세상이
눈앞에 보이기 시작했습니다.

치치포는 너무나 기뻤습니다.

무엇보다도 그 동안 치치포를 두렵게 만들었던 깊은
어둠이 사라졌기 때문이었습니다.

실은 앞을 볼 수 없는 틈을 타고 마음속으로 숨어들었던
의심들이 도망친 것이었지만, 그런 것을 알 리 없는 치치포는
그저 가벼워진 마음에 기뻐하며 크게 소리쳤습니다.

'보인다! 보여! 다 보인다구! 하하하하하!'

치치포는 은은한 달빛에 비친
자신의 몸 이곳저곳을 살펴보았습니다.

팔도, 다리도, 손도, 발도 모두
자세히 살펴보았습니다.

치치포는 자신의 몸을 볼 수 있다는 것이
너무나도 신기했습니다.

한참을 살펴보던 치치포는
이번에는 오래된 할아비 나무로 가
등을 기대었어요.

그리고 고개를 들어
밤하늘에 떠 있는 별과 달을 바라보았습니다.

잠시 동안 아름다운 밤하늘을 지켜보던 치치포는
오래지 않아 밤새 울어 피곤했던 탓에
깊은 잠에 빠져 들었습니다.

할아비 나무는
잎이 무성한 나뭇가지를 내려
기대어 자고 있는 치치포를
살포시 덮어 주었습니다.

꿈속에서 치치포는
아름답게 빛을 내는 달과
반짝이는 별들을 물끄러미 바라보았습니다.

그리고 잠이 든 내내
치치포의 입가에는
행복한 미소가 머물렀습니다.

"까르르~ 꾀꼴! 꾀꼴! 까르르르~"

어느 새 아침이 되었어요.
새들이 할아비 나무의 굵은 가지에 앉아 노래를 불렀습니다.

그 노랫소리가 자고 있던 치치포를 깨웠습니다.

잠에서 깨어난 치치포는
여전히 꿈을 꾸는 듯 했습니다.

나뭇가지 사이로 들어오는
따스한 아침 햇살이 치치포의 몸을
다시 한 번 포근히 안아 주었습니다.

치치포는 손을 흔들어 노래하는 새들에게 인사를 하고는
어제는 볼 수 없었던 주변의 풍경들을 천천히 둘러보았습니다.

너무나 아름답고, 고요하며, 평안함이
넘쳐흐르는 모습이었습니다.

'아. 이렇게 아름다운 곳이었구나.
어젠 내가 무엇 때문에
그렇게 무서워했었던 건지 모르겠네. 하하하.'

치치포는 그제 서야 자기가 있던 곳이
정말로 아름답고 평안한 곳이었다는 것을 알게 되었습니다.
기뻐하며 주변을 둘러보던 치치포는
할아비 나무 밑에 동그랗게 젖어 있는 땅을 발견했습니다.

'여기만 유독 젖어 있는 걸.
아! 여기가 내가 어제 울었던 자린가 보구나.
얼마나 많이 울었는지 아직도 땅이 이렇게 젖어 있네...'

치치포는 어제의 기억을 떠올리며
신기한 듯 젖은 땅을 바라보았어요.

그런데 치치포의 말이 끝나기가 무섭게
땅 속에서 밝은 초록빛 새싹이 올라오기 시작했습니다.

그 새싹은 눈에 보일 정도로 빠르게 자라나고 있었습니다.
치치포는 자라나는 새싹이 너무나 신기해
쭈그리고 앉은 채로 한참을 지켜보았습니다.

계속 자라나는 새싹은 어느 새 줄기가 두꺼워 지더니
녹색의 싱그러운 잎을 하나 둘 피워 내기 시작했습니다.

어느 새 치치포의 무릎까지 자라난 초록빛 줄기는
이내 나무줄기처럼 갈색 빛으로 변한 뒤에야
자라기를 멈추었습니다.

치치포는 눈물에 젖어 있던 땅에서 자라난
그 나무가 너무나 신기 했습니다.
치치포는 그 나무가 자신의 눈물이
땅에 떨어져서 태어난 것이 아닐까 하는 생각이 들었습니다.

그런 생각을 하고 있을 때
정말 신기한 일이 곧이어 벌어졌습니다.

갈색 줄기를 타고 피어난 잎들 사이로
하늘색의 아름다운 꽃 봉우리가 솟아오르기 시작한 것입니다.
그리고 오래지 않아 그 꽃 봉오리는 닫혀 있던 꽃잎을
활짝 열어 수정같이 빛나는 하늘색 꽃을 피웠습니다.

하늘색 꽃이 피어난 그 꽃나무가
치치포는 너무나 사랑스러웠습니다.
그래서 꽃나무를 넋을 잃고 바라보다
혼잣말로 중얼거렸습니다.

'우와! 내 눈물에서 이렇게 아름다운 꽃나무가 나오다니!
믿을 수 없어! 믿을 수 없어!'

치치포는 그렇게 소중한 꽃나무를
실수로라도 다치게 해서는 안 되겠다는 생각이 들었습니다.

'이렇게 가만히 두면 안 되지.
누군가 실수로 내 꽃나무를 밟기라도 하면 큰일이니까
꽃나무 주변에 표시를 해두어야겠다.'

치치포는 꽃나무 주변에 손바닥 깊이만큼의
구덩이를 파기 시작했습니다.

그리고는 그 구덩이에 작은 돌을 채워 넣었습니다.

그리고 그 위로 다시 돌을 더 쌓아 올렸고,
결국 꽃나무의 허리춤 높이로 작은 돌담을 만들었습니다.

담을 완성한 치치포의 이마에는
구슬처럼 맑은 땀방울이 송글이 맺혀 있었습니다.

치치포는 완성된 돌담을 보고 해맑게 웃었습니다.

그리고 그때 깨달았습니다.

무엇인가 소중한 것을 지키기 위해서는
제일 먼저 관심을 주어야 하고,
때로는 많은 땀도 흘려야 한다는 사실을요.
그리고 그렇게 흘린 땀이
얼마나 자신을 기쁘게 만들어주는지를요.

Chapter 2.
하늘 색 꽃나무

꽃나무의 꽃은 너무나도 아름다웠습니다.

어느 정도 거리를 두고 보면
꽃이 마치 하늘빛으로 보였지만

위에서 볼 때,
옆에서 볼 때,
밑에서 볼 때,
그 때 마다 꽃은 항상 다른 색을 띄었습니다.

때론 흰색으로,
때론 반짝이는 금색으로
또 어느 때는 너무 밝게 빛나서
하늘의 반짝이는 별이라고 착각이 들 정도였습니다.

그 꽃은 빛깔로,
때론 흔들흔들 몸짓으로
무엇인가 이야기를 하고 싶어 하는 것 같아
보였습니다.

치치포는 오랫동안 하늘색 꽃나무 옆을
빙빙 돌며 신기하게 빛나는
그 아름다운 꽃의 빛깔을 감상했습니다.

꽃이 활짝 피기 시작하면서부터
그 꽃에서는
빛깔뿐만 아니라
이전에는 맡아 보지 못했던
향기로운 향기도 나기 시작했습니다.

치치포는 아무것도 먹지 않았지만
단지 그 향기를 깊숙이 들이마시는 것만으로도
배고픔이 사라지는 것을 느꼈습니다.

꽃나무의 향기와

아름다운 빛깔에 취해

치치포는 그저 바라보는 것만으로 행복해 했습니다.

스스로에게 소중한 것이 생긴 치치포는 이제

그런 행복을 어떻게 노래하는지를 저절로 알게 되었습니다.

꽃나무를 보며

기분 좋게 흥얼흥얼 하던 말들에

점점 높낮이가 생기기 시작했습니다.

그 소리는 자연스럽게 노래가 되어

아름답게 퍼져 나갔고

노래에 맞춰

꽃나무도 오른쪽, 왼쪽으로 흔들흔들 춤을 추었습니다.

춤을 출 때마다 하늘색 꽃에서는

달콤한 향기가 풍겨 나와

어느덧 치치포가 있는 그 공간을 가득 채웠습니다.

아름다운 꽃과 향긋한 향기에
흥겨운 노래가 더해져
말로 표현하기 힘든
행복한 분위기가 만들어졌습니다.

"하늘색 꽃을 바라보면 나를 보아요.
처음에 나는 아무것도 볼 수 없었지만
내 눈에 흐른 따뜻한 눈물이 떨어져
이렇게 예쁜 하늘색 친구를 만들었지요.

모두 와서 이 꽃의 향기를 맡아보아요.
이렇게 보고
저렇게 봐도
아름다운 나의 친구,
나의 사랑,
하늘 꽃나무~."

행복한 치치포는
한 발로 껑충껑충 뛰며 꽃나무 주위를 뱅뱅 돌았고
꽃나무도 신이 났는지
치치포가 구르는 발 박자에 맞춰
잎사귀를 나풀대며
살랑살랑 춤을 추었습니다.

한참이 흘렀을까요.

꽃나무의 향기가
치치포의 노랫소리와
구르는 발소리를 타고
사방으로 퍼져나갔습니다.

향기는 따뜻하고 행복한 기운도
함께 실어다 날랐습니다.

그리고 아카시아에 앉아
열심히 꿀을 따고 있던
두 마리의 귀여운 꿀벌들에게도
그 향기가 닿았습니다.

"이이이이이잉~ 어! 이게 무슨 향기지?
너무 좋은 향기가 나는데"

"우이이이이잉~! 그러게 말이야.
향기만 맡아도 너무 달콤해~!
이런 향기는 이전에 맡아본 적이 없다고!"

"이이이이이잉~
그러지 말고 우리 한 번 향기를 따라 가볼까?
뭔가 좋은 일이 있을 것 같은데."

"우이이이이잉~
나도 너무 가보고 싶긴 한데
우리를 잡으려는 속임수일수도 있어."

"이이이이이잉~ 아니야~ 가까이만 가지 않으면 되지.
내 말은 그냥 한번 가보자는 거야!
멀리서 조심히 바라보고
위험해 보이면
그냥 돌아오면 되잖아.
만약 이 향기가 진짜라면
우리에게 엄청난 행운일 거라고!"

"우이이이이잉~ 그래도 나는 불안하단 말이지.
만약 무슨 위험한 일에 걸려들게 된다면 큰일이잖아."

"이이이이이잉~ 우잉아~!
잘 맡아봐. 이 향기를. 조금 다르지 않니?
향기를 맡으면 맡을수록 더욱 달콤하고
따뜻함까지 느껴져.
이 향기는 마치 살아 있는 것 같단 말이야.
이건 분명 좋은 향기야.
우리를 속이는 나쁜 향기가 아니라고."

"그렇긴 하지만...
그래도 난 무서워 여왕벌님이 아시면
우리를 가만두지 않으실 지도 몰라.
혼이 날지도 모른다고."

"우잉아. 그러지 말고 한번 가보자.
만약 이게 우리를 해치려는 속셈이 아니라면
우리는 우리 꿀벌 역사에 남을 위대한 영웅이 되는 거라고~!
최연소 꿀벌 이잉과 우잉,
세계 최상급의 꽃을 발견하다.
이렇게 소문이 날거라고!"

"우이이이이잉.. 난 몰라..
이잉이. 모두 네가 책임진다고 약속해 지금!
그리고 이잉 네가 계속 앞장서야 해!
난 네 뒤를 따라 갈 테니까."

"걱정 마. 이 겁쟁이아."

"겁쟁이라니!
이잉이 너는 그러고도 혹시라도 잘못되면
내 핑계를 댈 거잖아!"

"역시. 우잉이 넌 나를 너무 잘 알아.
그래서 넌 내 친구야!!
아무튼 나만 믿고 따라와 이이이이잉~."

그렇게 두 꿀벌 친구는
어디선가 날아온 향긋한 꽃향기를 찾아
비행을 시작했습니다.

그런 사실을 전혀 모르는 치치포와 꽃나무는
쉬지 않고 춤을 추고 노래했습니다.

꽃나무와 치치포의 행복함이 더해 갈수록
꽃은 더 좋은 향기를 내었습니다.

향기를 따라오는 두 꿀벌, 이잉과 우잉은 이것이 도대체 어디에서 오는 향기인지 알지 못했습니다.

하지만 향기가 너무나도 달콤하고 향긋했기에
두 친구는 위험을 무릎 쓰고서라도
그 향기의 주인공을 찾아
모험을 하기로 결심했던 것이었습니다.

"이이이잉~
어디서 오는 향기인지 모르지만 정말 좋다.
제법 먼 길을 날아 왔지만
향기만으로도 전혀 배가 고프지 않아.
피곤하지도 않고~."

"우이이잉. 맞아.
이런 향기는 처음이야.
가까이 가면 갈수록
우리를 해치지 않을 거라는 확신이 드는 걸."

"이이이잉. 거봐!

오길 잘 했지?

역사상 가장 위대한 꿀벌이 될,

나 이잉 형님의 말을 들어서 잘못될 꿀벌은 없다니까.

우잉이 너도 나만 따라 다니면 최고의 꿀벌이 될 수 있어."

"우이이이잉~!

이잉이 너는 지난 번에 네가 추천한 꿀통 찾으러 갔던

오잉이는 기억이나 하는 거니?

그때 주인 없는 꿀통이라며!

네 말을 듣고 혼자 찾아갔던 오잉이가

하마터면 꿀을 통째로 빨아 먹는

노란 괴물의 입 속으로 들어갈 뻔 했던 거 말이야!

이잉이 너 그 사건을 기억 못한다고 말하는 건 아니겠지.

우이이이잉~."

"이...이이....이이이잉~.
아니야. 그 노란 괴물 겉보기만 무섭지
무지 착하다고 들었는 걸.
너무 착해서 입고 입던 바지를 잘라서 추위에 떨고 있던
불쌍한 아기 돼지에게 목도리로 주었다고 했다고.
그래서 항상 빨간 티셔츠만 입고 다니는 거라고 말이야.
설마 정말로 오잉이를 잡아먹으려고 했을까?"

"무슨 소리야. 이잉!
세상에 윗옷만 입고 다니는 멍청한 동물이 어디 있니!"

"그건. 음. 노란 괴물?"

"정말 못 말리겠다."

우잉과 이잉은 그렇게 티격태격하며
향기를 찾아 비행을 이어갔습니다.
향기를 따라 온 두 마리 꿀벌친구들은
마침내 치치포가 있는 이곳까지 날아오게 되었습니다.
한편 치치포는 여전히 노래하고 춤추며
꽃나무와 즐거운 시간을 보내고 있었습니다.

그리고 두 꿀벌 친구들은 치치포의 노랫소리에 빠져
잠시 동안 날갯짓을 멈추고
풀잎 위에 앉은 채로 노래를 들었습니다.

"기쁜 사람, 슬픈 사람, 외로운 사람,
이렇게 보고, 저렇게 봐도, 아름다운
나의 사랑, 나의 친구, 하늘 꽃나무~"

행복함이 가득한 노랫소리는 우잉과 이잉의 마음 한 켠에
자리잡고 있던 의심을 사르르 녹여 버렸습니다.
두 꿀벌친구는 치치포가 자신들을 해치지 않을
좋은 사람이라고 확신하게 되었습니다.

그리고 천천히, 하지만 조심히
치치포와 꽃나무 쪽으로 날아갔습니다.
"흠.. 음음.."

"우이이이이잉~ 이잉! 뭐해 빨리 말해!
네가 이번 일은 책임진다며."

"흠. 흠.. 음.. 안녕!"

이잉은 안녕이라고 인사했지만,
그 목소리가 너무 작아 치치포는 들을 수 없었습니다.
이미 처음 본 사람에게 말을 건다는 부끄러움에
얼굴이 불그스레하게 변한 이잉은
몇 차례 더 인사를 해보려다 실패하자,
곧 얼굴이 빨갛게 달아올랐습니다.
결국 이잉은 크게 심호흡을 하고는 힘껏 소리 쳤습니다.

"안녕!!! 내 말!! 안! 들! 려~?!"

치치포는 그제야 작은 꿀벌 두 마리가
눈앞 풀밭에 앉아 있는 것을 발견했습니다.

"안녕~ 미안해.
너희들이 너무 작아서 목소리를 들을 수 없었어.
그런데 너희들은 누구니?"

낯선 사람과 처음 대화 해보는 이잉은
당황한 나머지 안절부절못하며
더듬더듬 말하기 시작했습니다.

"우리는 모험심 강하고... 멋진... 꿀벌.
바로 그런 꿀벌들이지.
나... 나는 이 여행의. 음. 대. 대장.. 음... 그러니까
최고의 모험가가 되고 싶은.. 용감하고.. 음. 또 용감한."

"잠깐만. 도대체 무슨 말인지
하나도 알아들을 수가 없어."
뒤에서 보고 있던 우잉이 답답한 나머지
앞으로 나오며 말했습니다.
오히려 이잉 보다 더 당당하고
자신감이 넘치는 모습이었습니다.

"안녕. 나는 우잉이라고 해. 그러니까.
우리는 네가 노래하던 저 꽃나무 향기를 맡고
저기 먼 곳에서 이곳에 오게 되었어.
그리고 꽃나무의 주인 같아 보이는
너에게 인사를 하고 싶어서 이렇게 나온 거야."

"그렇구나. 이제야 무슨 말인지 알겠다.
하하. 너의 대장이 먼 길을 와서 피곤한가봐.
나도 피곤하면 졸리기도 해서
제대로 말이 안 나올 때 있거든. 하하하.
그래도 먼 길을 나의 꽃나무 때문에
와주었다니 기분이 좋은 걸. 하하."

이제까지 치치포는 누구와 이야기를
해 본적이 없었기 때문에
처음 보는 사람이나 동물, 곤충 친구들을
어떻게 대해야 하는지 알지 못했습니다.
하지만 자신이 누군가와 이야기를 하고 있다는
사실만으로도 즐거웠습니다.

우잉과 치치포는 금새 친해져서
아름다운 꽃들과 거기서 땄던 꿀들에 대해
한창 이야기를 나눴습니다.
그 동안 이잉은 꽃나무의 아름다움에 빠져 계속해서
꽃나무만 쳐다보았습니다.

꽃나무를 바라보는 이잉의 입에서는
연신 침이 흘러 나왔지만
이잉은 더러운 줄도 모르고
그냥 꽃나무만을 바라보았습니다.

그런 이잉의 우스꽝스러운 모습에
치치포와 우잉은 마구 웃었습니다.

그 웃음소리에 정신을 차린
이잉은 부끄러운 듯 더듬이로 자신의 큰 눈을 가렸습니다.
하지만 그 큰 눈이 더듬이로 전부 가려질 리가 없었지요.

처음 만나서 서먹했던 분위기는
그런 이잉의 우스꽝스러운 모습 덕분에
더욱 편안해졌고
그렇게 셋은 어느새
친구가 되어 있었습니다.

치치포에게는 처음으로 친구가 생긴 날이었습니다.

Chapter 3.
네 짐승들과 꽃향기

새로 친구가 된 꿀벌들을 보며 치치포가 말했습니다.

"그러지 말고 하늘색 꽃에게 한번 꿀을 좀 달라고 해봐.
내 꽃나무도 착한 너희들을 알아보고
좋은 꿀을 내어 줄 거야."

그러자 이잉과 우잉은 동시에
큰 미소를 띠고 기다렸다는 듯이 날개를 움직여
꽃나무에게로 조심히 다가갔습니다.
그리고 둘은 나란히 공중에 뜬 채로
엉덩이를 흔들기 시작했습니다.

그것은 꿀벌들이 꿀을 따기 전에 꽃에게 하는
일종의 인사였습니다.

꿀벌의 인사는 침이 달린 엉덩이를 살짝 올렸다 내렸다를
3번 반복 한 후
꽃 주위를 천천히 도는 것이었습니다.

인사가 끝나자 신기하게도 하늘 색 꽃이
우잉과 이잉의 인사를 받았는지
꽃망울을 오므렸다 폈다를 세 번 반복하고는
꿀벌들이 들어올 수 있게
꽃잎을 활짝 열어 주었습니다.

하늘색 꽃의 환한 빛깔과 향기는
마치 먼 길을 달려온 꿀벌 친구들을
환영해 주는 듯 했습니다.

이잉과 우잉은 꽃의 환대에 감격한 나머지
꿀 따는 것도 잊은 채
꽃잎에 앉아 부드러운 꽃잎에 얼굴을 마구 비볐습니다.

한참을 비벼댄 둘은 정신을 차리고 향기롭고 달콤한 꿀을
가지고 온 꿀주머니에 가득 담았습니다.

가득 담긴 꿀을 본 두 친구는
고마운 마음에 다시 한 번
정중하게 인사를 하고는
꽃 주위를 뱅그르르 돌며
춤을 췄습니다.

꿀벌들의 춤이 끝나자
이잉과 우잉이 치치포에게 다가와
환한 미소를 지으며 말했습니다.

"이이이이잉~ 네 덕분에 이전에는 맛보지 못한
최고의 꿀을 맛보았어."

"우이이이잉~ 정말 고마워.
이 꿀을 가지고 가서
우리 꿀벌 나라 여왕벌님께 보여드리면
반드시 큰상을 내리실 거야."

"너희들이 그렇게 좋아하니까 나도 정말 좋은 걸.

사실 나도 이 아름다운 꽃나무를

어떻게 얻었는지 모르겠어.

내가 한 일이라고는

그저 무서워서 운 것뿐이었는데

이제 이 꽃나무는 나에게 기쁨도 주고

아름다운 향기도 주고

또 이렇게 너희 같은 친구들도 주었어."

"넌 정말 착하구나.

꿀까지 공짜로 줬으면서 전혀 대가를 바라지 않는다니.

설사 네가 우리가 여왕님께 받게 될 상을 달라고 하더라도

우리는 기쁜 마음에 줬을 텐데 말이야."

이잉과 우잉은 꽃나무뿐만 아니라

치치포의 마음씨도 무척이나 예쁘다고 생각했습니다.

"이잉. 이제 우리 돌아가야 할 것 같아.
빨리 돌아가서 여왕님께 아름다운
꽃나무와 치치포의 착한 마음씨에 대해 말씀드리자고."

"그래야지. 대장인 내가 인사를 할 때가 되었군.
우리는 이제 가볼게.
다음에 올 때는 이 꽃나무를 위한 멋진 이름을 선물하겠어.
아차! 그러고 보니 너의 이름도 모르고 있었네."

"응 내 이름은 치치포야."

치치포라는 말에
우잉과 이잉은 키득키득 웃었습니다.
그리고 이잉 말했습니다.

"그럼 치치포 네가 만약 우리 꿀벌 나라에 오게 되면
치치포잉이 되겠네.
그런 이름은 정말 희한한 이름이야. 하하하하."

"이잉. 더 늦기 전에 빨리 가자.

신기한 이름의 치치포!

우리는 이만 가볼게.

오늘은 네 덕분에 정말 즐거운 하루였어."

"그래. 나도 너희 같이 재미있는 친구들 만나서 즐거웠어.

다음에 또 보자.

너희들이 꽃나무에서 꿀을 따갈 때

꽃나무도 진심으로 기뻐한다는 것을 느낄 수 있었어."

우잉에게 인사한 치치포의 눈이

이번에는 이잉을 향했습니다.

"아. 그리고 다음에는 떨지 말고 말하라고.

알았지 이잉? 하하."

이잉은 처음 만났을 때 부끄러워했던 모습이 생각나

말없이 멋쩍은 미소만 지어 보였습니다.

그렇게 이잉과 우잉은 치치포와 꽃나무의 멋진 환대를 받으며 여왕벌이 있는 벌집 나라로 돌아갔습니다.

치치포는 꽃에서 달콤한 꿀이 나온다는 사실을 알게 된 것과 하늘색 꽃나무로 인해 이잉과 우잉이라는 재미있는 친구들을 알게 되었다는 사실에 행복했습니다.

하지만 치치포가 있는 동산의 반대편에서는
지금 고약하고 더러운 냄새를 맡은
네 마리의 짐승들이 불평을 쏟아내고 있었습니다.

"이 더러운 냄새는 도대체 뭐지?"

"야~! 원숭이 너 방귀 낀 거 아냐?
엉덩이가 빨간 것을 보니 네가 확실한데! 킁킁!"

"이 멧돼지가 무슨 소리를 하는 거야! 윽. 차라리 쓰레기장
안에 있는 것이 훨씬 낫겠어!!!!"

"짜증나. 짜증나. 짜증나!"

"하아아암. 그럼 땅에 코를 대고 있지 그래?"

그곳에는 언제 씻었는지 모를
지저분하고 마구 꼬인 갈기 덕분에
덩치가 더욱 커 보이는, 하지만
언제나 나무 그늘 밑에서 누워서 늘 낮잠만 자길 원하는
게으른 사자 블레이크와

무표정으로 있어도 화가 난 듯 보이고,
무엇이든 맘에 들지 않으면
일단 그 큼지막한 머리로 들이받고 보는
거친 성격의 멧돼지 야네즈,

잘 빠진 꼬리와
아름다운 빛깔의 털을 가졌지만
말끝마다 짜증과 불평불만들만 쏟아 내는,
그래서 어느 동물 누구라도 3번 이상 만나기를
꺼려하는 여우 메이즈와

가장 영리하지만
언제나 교묘하게 속이고
거짓말만 하기를 좋아하는
원숭이 루마가 있었습니다.

여우 메이즈가 한심하다는 듯
다른 짐승들을 바라보며 말했습니다.

"뭣들 하는 거니?
나는 너희들 모두 믿을 수가 없어.
너희들이 씻지 않아서
이런 냄새가 나는 게 분명하다고."

원숭이 루마가 멧돼지 야네즈를 향해
코를 들이밀며 다가가 말했습니다.

"킁킁.. 야네즈!
넌 왜 아까부터 말이 없는 거야?
혹시 네가 방귀라도 낀 거 아냐?
넌 항상 숨어서 우리 몰래 무엇인가를 훔쳐 먹잖아.
그러다가 소화가 잘 안 되면
결국 고약한 방귀를 뀌는 거지."

여우 메이즈도 거들었습니다.

"뻔하지! 뻔해. 우리 몰래
또 혼자 뭔가 먹고는 방귀를 뀐 거라고. 쯧쯧쯧."
네 마리 짐승들은 원인 모를 그 냄새 때문에
기분이 몹시 상해 있었습니다.
그리고 서로 상대방에게서 나는 냄새라며
말싸움을 벌였습니다.

네 마리의 짐승들은 비록 서로 어울려 다니는 사이였지만
그러다가도 안 좋은 상황이 발생할 때면 항상 상대방에게
책임을 떠넘기거나 거짓말을 일삼으며 싸우곤 했습니다.

그리고 반대로 뭔가 좋은 일이 생기면
언제 그랬냐는 듯이
이번엔 모두 자기 덕분이라며
서로서로 거들먹거리곤 했습니다.

그들 마음속에는 항상
자기가 나머지 녀석들보다는 훨씬 나고,
자신은 나머지 녀석들이 그저 불쌍해서
같이 놀아주고 있는 것 뿐이라는 생각을 가지고 있었습니다.

이렇다 보니 이 네 짐승들에게는
다른 동물 친구들이 주변에 없었습니다.
짐승들은 모두 똑같이 자기 자신 외에
다른 친구를 생각하는 마음이 없었기 때문이었습니다.

모두가 영문 모를 악취로

불평을 늘어놓고 있을 때

멧돼지 야네즈는 아무 대꾸도 없이 계속 냄새를 맡는 일에

집중하고 있었습니다.

"킁킁. 킁킁.. 이건 내 방귀냄새가 아니야.

우리가 먹는 음식들로는

이런 방귀냄새를 만들 수가 없다고."

여우 메이즈가 말했습니다.

"그걸 믿으라는 거야?

넌 먹는 것 말고는 아는 것이 하나도 없잖아.

차라리 당장이라도 네 입을 벌려 확인해 보고 싶은데!

분명 숨어서 몰래 먹은 고기 찌꺼기들이

네 울퉁불퉁한 치아들 사이에 끼여 있겠지."

"야네즈 네가 우리 몰래 혼자 숨어서 무엇을 먹었는지

우리가 모를 거라 생각하는 것 같은데! 우리가 바보로 보여?"

그러자 나무 밑에서 졸고 있던 사자 블레이크가
슬며시 눈을 뜨고는 거드름을 피우며 말했습니다.

"메이즈, 루마. 너희들 좀 조용히 해라.
내 앞에서 소리 지르는 멍청한 행동은 하지 말라고.
그리고 야네즈! 그냥 네가 방귀를 낀 걸로 해.
그리고 조용히들 하란 말이야.
시끄러워서 잠을 잘 수가 있어야지."
그리고는 사자는 다시 눈을 감았습니다.
사자 블레이크는 다른 짐승들의 친구이긴 했지만
동시에 누구라도 자신의 마음에 들지 않으면 언제 어떻게
변할지 모르는 다혈질의 성질 고약한 짐승이었습니다.
이전에도 같이 지내던 친구,
늑대 울리를 화가 나서 그만 잡아먹어 버린 적도 있었습니다.

그 소문은 동물 사이에 널리 퍼졌고
모두들 사자 블레이크와는
친구가 되는 것을 꺼려하게 되었지요.

사자 블레이크의 말에 겁을 먹은 메이즈, 야네즈, 루마는
블레이크가 잠들기까지 조용히 기다렸습니다.

한참이 지나
블레이크가 낮잠에 다시 빠졌을 때
원숭이 루마가 멧돼지 야네즈의 머리 위로 껑충 뛰어
올라타고는 말했습니다.

"그럼 너는 이렇게 심한 악취가 어디서 나온다고 생각해?"

"멍청한 멧돼지한테 그런 걸 묻다니 수준이 너무 낮아.
같이 다니기가 부끄러워. 차라리.."

여우 메이즈가 말하는 중간에
멧돼지 야네즈가 끼어들었습니다.

"이 냄새로 볼 때 어딘가에
아주 더러운 꽃이 피어난 게 분명해.

이전에 한번 빨간 티셔츠만 입고 다니는 노란 곰이
달콤하고 향기로운 아카시아 꿀을 가지고 있다는 소문을
듣고 꿀통을 몰래 훔치러 간 적이 있었지.
그런데 꿀통을 찾으러 가던 길에 지금과 비슷한
더러운 꽃 냄새를 맡은 적이 있었어.
어찌나 역겹던지.
그 자리에서 꿀에 대한 생각이 단번에 사라져 버렸다니까.
난 아직도 그 역겨운 꽃냄새가 기억에 생생하다고."

원숭이 루마가 물었습니다.

"이게 꽃나무에서 나는 냄새라 이거지?"

"맞아. 확실해. 이건 꽃나무에서 나는 냄새야.
그것도 아주 지독한 꽃이야.
그러지 않고서는 이렇게 고약한 냄새를 낼 수가 없어."

멧돼지 야네즈의 진지한 모습에
여우 메이즈와 원숭이 루마도 잠시 생각에 잠겼습니다.

하지만 침묵을 깨고 여우 메이즈가 먼저 입을 열었습니다.

"말도 안 돼.

어느 꽃에서 이런 역겨운 냄새가 난다는 거야.

멍청한 멧돼지 말은 도저히 믿을 수 없는 걸.

그리고 그런 사실을 우리 중에 가장 현명한

내가 알지 못한다고?

이건 정말 말도 안 되는 일이야. 자존심 상해."

그 때 눈을 감은 채로 지금까지의 대화를 듣고 있던

사자 블레이크가 감았던 눈을 뜨고 끼어들었습니다.

"에잇! 더러운 냄새 때문에 좀처럼 잘 수 없잖아!

이게 진짜 야네즈가 말한 꽃냄새라면

당장 가서 없애 버려야겠어."

원숭이 루마와 여우 메이즈는

멧돼지 야네즈의 말을 믿고 싶지 않았지만

사자 블레이크가 말했기 때문에
아무런 대꾸도 할 수 없었습니다.
그리고 결국 네 짐승들은 다 같이 꽃나무를 찾아내서
없애 버리기로 결정했습니다.

멧돼지 야네즈가 킁킁대며 냄새가 나는 방향으로
짐승들을 안내했습니다.

그들이 걸음을 옮길수록
꽃 냄새는 더욱 진하게 풍겼고
짐승들의 불만은 여행 내내
끝도 없이 계속되었습니다.
멧돼지 야네즈의 뒤를 따른 지 얼마 되지도 않아
사자 블레이크가 더욱 화난 표정을 지으며 말했습니다.

"에잇! 도저히 잠시도 못 참겠어!
이 꽃냄새는 내가 지금까지 맡아본
냄새 중에서도 가장 고약해.
만약 꽃의 주인이 있다면 그 녀석도 가만 두지 않을 거야."

원숭이 루마도 음흉한 표정을 지으며 말했습니다.

"난 그 꽃 주인에게
내가 입은 피해를 보상하라고 청구하겠어.
이 냄새 때문에 내 머리가 터져 버릴 것 같고,
몸도 아프고 식욕이 떨어졌다고 말해야지.
꽃나무의 주인에게서 빼앗을 수 있는 것이 있다면
모조리 빼앗고 말거야."

여우 메이즈도 갈라지는 목소리로 말했습니다.
"나는 그 꽃을 꺾고 그 꽃잎을 말려서
내 몸에 장식을 해야겠어.
원래 독한 꽃이 아름다운 법이거든.
이런 것이야 말로 너희와는 다른 아름다운 나만의,
]아름다운 복수라고 해야 할까?"

꽃을 찾으러 가는 내내 짐승들은
어떻게 그 꽃을 없애 버릴지,
그리고 어떻게 그 꽃의 주인에게 복수할지를
떠들어댔습니다.
동시에 그들의 여정 내내
불평과 말다툼이 끊이지 않았습니다.
그들은 누구도 자신의 옆에 친구들이 있다는 사실에
감사하지 않았습니다.

Chapter 4.
불청객의 방문

짐승들은 고약한 냄새를 따라
하룻밤을 꼬박 걸었습니다.

사실 치치포가 있는 곳은
그리 멀지 않은 곳이었습니다.

짐승들이 큰 길을 따라 쭉 걸어가기만 했다면
치치포와 꽃나무가 있는 곳에
한 나절이면 다다를 수 있었지만,
짐승들은 저마다

"내 코가 더 정확해",

"내가 가장 똑똑하다고.",

"여기서 누가 제일 힘이 세지?
당연히 가장 센 내 말이 맞다고."

라고 떠들며 서로 자기 말이 맞다 우기기 일쑤였고,

결국 멀리 가지도 못하고 그 주변만

계속 맴돌고 있었던 것입니다.

한껏 거들먹거리는 표정을 지으며

여우 메이즈가 말했습니다.

"거봐 바보들. 내말을 믿었어야지.

내가 분명히 이 냄새는 저쪽 언덕 밑에서 난다고 했잖아."

"킁킁.. 여기서 누구 코가 제일 크지? 바로 나 돼지야!

그리고 누가 가장 다양한 음식을 맛보았지?

그것도 바로 나야!!

경험으로 봐서 누구를 믿는 것이 가장 나을까?"

"야! 이 돼지야~! 넌 음식만 먹는 게 아니잖아!

돌멩이조차 떡이라고 생각하고 마구 씹어 먹었으면서

그런 말이 나오니?"

"큥큥. 그건 말이야. 배고프면 어쩔 수 없는 거 아냐?
다른 건 다 참아도 배고픈 건 못 참아!
배만 채울 수 있다면
난 뭐든지 할 준비가 되어있다고!
돌 뿐 아니라 네놈 꼬리도 씹어 먹을 수 있어!
보여줄까! 으아!"

"아아아아아!!! 저리 가 이 멍청한 돼지 같으니!"

"큥큥 이리와 안 그래도 배고팠는데 잘됐다. 오랜만에 여우
꼬리 한번 먹어보자! 으아~"

지켜보던 원숭이 루마가 한심하다는 듯
팔짱을 낀 채로 말했습니다.

"이런 너희들을 내가 어떻게 믿고 가란 말이냐!
때론 더 큰 것을 얻기 위해 배고픔을 참는 법도 알아야 하지."

루마는 어디서 주워왔는지 모를 자기 얼굴만큼이나
큰 안경을 위 아래로 올렸다 내렸다 하며 말을 이었습니다.

"야네즈 코가 제일 정확하긴 해. 하지만 제대로 가다가도
배가 고파지면 꽃이 아닌 자기가 먹고 싶은 음식이
있는 곳으로 우리를 데리고 갈 게 분명해.
그러니 야네즈 말만 들어서도 안 되지."

"내가 지금 먹고 싶은 건 이놈 꼬리라고! 킁킁."

"아아아아아아아아아아!!!"

그 모습을 보던 사자 블레이크가 소리를 질렀습니다.

"다들 조용히 해! 이제부터 순번을 정해!
그리고 돌아가면서 길을 인도하는 거야.
이게 바로 민주주의라는 거다!
역시 나는 동물의 왕으로서 자격이 있어.

난 솔.. 솔.. 누구더라 그 지혜의 그...
아 그 유명한 '솔방울' 왕 보다도 더욱 지혜롭지!!"

블레이크는 아는 것이 별로 없었지만
자신의 힘을 이용해서 동물들의 동의를 얻어내곤 했습니다.

그래서 그들에게는 '지혜의 왕 솔로몬'이 '솔방울 왕'으로
불리게 되었습니다.

블레이크의 말이 있고부터는 한 마리씩 돌아가면서
길을 인도하기로 했습니다.
가장 먼저 여우 메이즈가 길을 인도할 때 뒤에서 따라오는
세 친구들은 너나 할 것 없이 투덜거렸습니다.

그리고 다음 차례로 길 안내를 루마가 맡게 되면
방금 메이즈가 인도했던 방향이 마음에 들지 않는다며
다시 되돌아가곤 했습니다.

그래서 그들은 같은 길을 이리저리 뱅뱅 돌며
시간만 허비하게 되었습니다.

사실 멧돼지 야네즈는
냄새를 맡는 탁월한 능력이 있어서
그를 따라 갔더라면 한나절이면 도착 할 수 있었던
거리였습니다.

하지만 그들에게는 삼일이나 걸리는 긴 여행이 되었습니다.
하지만 마침내 짐승들은 냄새가 더욱 짙어진 곳을 향해
점점 다가가고 있었습니다.

"쉬잇. 어디서 노랫소리가 들려오는데.
냄새도 점점 더 고약해지기 시작했어."

"킁킁. 아! 배고파! 너무 배고파!!
삼일 동안 먹은 거라곤 훔쳐 먹은 수박 한통이 전부야!!"

야네즈의 한탄을 듣고 여우 메이즈가
몸을 숙이며 말했습니다.

"조용히 해! 이 돼지야! 이러다 들켜 버리겠어!"

"킁킁 어디야 어디! 다 먹어 버릴 테니까!"

멧돼지 야네즈는 배고 너무 고픈 나머지 이성을 잃고
마구 떠들어 댔습니다.

그러자 루마가 야네즈의 코 위로 남은 힘을 짜내
껑충 뛰어 올라탔습니다.

야네즈 콧등 위에 바짝 엎드린 루마는
두 팔로 시끄럽게 떠드는 야네즈의 아래턱을 붙잡아 올려
야네즈의 입을 닫아 버렸습니다.

"읍. 음음.."

"조용히 좀 해줄래?!"

너무 지쳐 있던 야네즈는 다리에 힘이 없어
그만 털썩 주저앉아 버렸습니다.

자신의 상황을 전혀 모르는 치치포는
그저 꽃나무 주위를 껑충껑충 돌며 신나게
노래를 부르고 있었습니다.

치치포의 얼굴에는 아무런 걱정도 없었고,
어떤 두려움도 찾아 볼 수 없었습니다.
그러다 어디선가 들려오는 동물들의 소리를 듣고
치치포는 노래를 멈추었습니다.

'내가 분명 무슨 소리를 들었는데. 잘못 들은 건가.
누가 분명히 배고프다고 한 것 같은데.
우잉과 이잉처럼 꽃향기를 맡고
또 다른 친구가 온 거겠지? 또 친구가 생기겠는걸.'

치치포는 이리저리 주변을 돌아보다가 앵두나무 뒤에 숨은
네 마리의 동물들을 발견했습니다.
그리고 활짝 웃으며 그리로 달려갔습니다.

"여기 있구나.
역시 수줍음이 많은 친구들이야.
이잉과 우잉도 처음에 숨어 있더니
이젠 덩치 큰 친구들도 숨어 있네.
크크크.

흠! 흠! 동물 친구들. 거기서 뭐하는 거니?
크크크. 이리로 나와.
부끄러워하지 말고.

듣기로는 너희들 배가 상당히 고픈 것 같은데
내가 도와 줄 수 있어.
어서 나와.
너희들은 덩치도 아주 크면서 부끄럼이 참 많구나!"

짐승들은 치치포가 밝게 웃으며 다가와 말을 걸자
매우 당황했습니다.

친구 때문에 화가 나서 싸우러 갔는데
그 친구가 웃으며 달려 나와
반갑게 인사한다면 기분이 어떻겠어요?

아마도 짐승들도 같은 느낌이 들었을 겁니다.

하지만 이미 배고픔에 지쳐 있던 동물들은
치치포를 공격할 힘조차
남아 있지 않았습니다.

야네즈가 속삭이듯
다른 동물들에게 말했습니다.

"뭐야. 이놈은.
우리를 전혀 무서워하지 않잖아!
어떻게 해야 하지?"

블레이크가 말했습니다.

"이 멍청한 돼지야.
그렇게 크게 말하면 어떡하니!
도움이 되는 게 없구나!
오는 길에 이 멧돼지를 그냥 확 잡아먹어 버렸어야 하는데."

원숭이 루마가 땅 바닥에 엎어진 채로 힘없이 말했습니다.

"내가 하나, 둘, 셋! 하면
너희들이 낼 수 있는 가장 큰 소리를 내서
저 인간을 놀래 키는 거야.
분명히 무서워서 뒤로 나 자빠질 거야.
그때 야네즈 네가 달려가서 저 꽃을 씹어 먹어 버리라고!
그럼 모든 것이 끝나는 거잖아.
우리가 여기 온 목적을 달성하게 되는 거라고!

그러고 나서 저 인간 놈을 잡아먹던지
협박해서 다른 것을 뜯어내든지 하자.
야네즈! 무슨 말인지 알겠지?
저기까지만 기어가면 돼!"

치치포는 여전히 호기심 가득한 얼굴로
천진난만하게 말했습니다.

"애들아. 부끄러워 말고 이리로 나오라니까? 너희들끼리
그렇게 이야기 한다고 해서
부끄러움이 사라지는 건 아니야! 하하하.
나와서 내 얼굴 보고 인사 한번 하고 나면
얼굴이 잠깐 빨개지겠지.
하지만 그 다음에는 부끄러움이 싹 사라질 걸!"

치치포가 즐겁게 혼자 말을 하는 가운데
루마가 소리쳤습니다.

"자 간다! 하나. 둘. 셋!"

"어~~~흐....응...... 까... 우~에..엑...우...우.."

짐승들은 일제히 큰소리를 치려고 했지만
3일 동안 먹은 것이라곤 수박 한 통이 전부였던 터라
모두들 이미 너무 지쳐 있었습니다.

특히 사자 블레이크는 '동물의 왕' 체면에
고기도 아닌 수박을,
그것도 훔쳐 먹는다는 것은 있을 수 없는 일이라며
아무것도 먹지 않은 상태였습니다.

그들은 한 발자국도 제대로 내디딜 힘이 없었고
당연히 야생동물의 거침없는 울음소리도 낼 수 없었지요.

그들이 있는 힘껏 내지른 울음은
치치포에게는 오히려 우스운 장난 같이 보였습니다.
아마도 아기의 울음소리가 치치포를 더 놀라게 했을 겁니다.

지금까지 누군가에게 공격받아 본적이 없는 치치포는
동물 친구들이 첫 만남에 재미난 장난을 치는 것으로만
생각했습니다.

짐승들은 한번 으르렁 소리를 치고는 앵두나무 옆에
모조리 철퍼덕 하고
뻗어 버렸습니다.

그 모습을 본 치치포는
그제야 동물들이 장난치는 것이 아니라
배고픔에 힘이 없어 쓰러진 것이라는 사실을 깨달았습니다.

치치포가 짐승들의 모습에 불쌍한 마음이 들기 시작할 즘
야네즈는 남은 힘을 다해서 꽃나무를 향해
엉금엉금 기어가고 있었습니다.

배고픈 와중에도 그 꽃향기는
여전히 짐승들을 괴롭히고 있었기 때문에
짐승들은 땅바닥에 엎어져서도 야네즈가 얼른 꽃을
먹어 버리기만을 간절히 바랐습니다.

야네즈가 꽃을 먹어 버린다면
모든 것이 끝이 나고
그들은 여기 온 목적을 달성하는 것이기 때문입니다.

하지만 순수한 치치포는
멧돼지가 쓰러진 와중에도 꽃향기에 취해 꽃나무를 향해
기어가는 줄로만 생각했습니다.

치치포는 오히려 큰 소리 내며
야네즈를 응원하기 시작했습니다.

"영차! 영차! 조금만 더 힘을 내!
꽃나무에 거의 도착했어!"

그런 치치포의 모습은 정말이지 바보 같아 보였습니다.

그런데 너무 느리게 기어가는 야네즈가 답답했는지
치치포가 갑자기 야네즈에게로 달려갔습니다.

그리고는 야네즈의 엉덩이를 있는 힘껏 밀어 주었습니다.

"자! 내가 도와줄게! 조금만 힘을 내!"

짐승들은 그런 치치포의 모습을 이해 할 수 없었습니다.
세상에 자신을 해치려는 적을 도와주는 동물을 이제껏 본
적이 없었기 때문입니다.

엉금엉금 기어 마침내 꽃나무 앞까지 도착한 야네즈는
입을 크게 벌리고
꽃나무를 향해 달려들었습니다.

"컥. 컥컥."

하지만 야네즈가 벌린 입이 향한 곳은 꽃나무가 아닌 치치
포가 나무 주변에 쌓아 놓은 돌무더기였습니다.

야네즈는 결국 돌을 씹고 말았습니다.
돌을 씹은 야네즈의 앞 이빨 두개가
그 자리에서 '딱' 하고 부러져 버렸습니다.

마지막 힘까지 다 쓴 야네즈는 입에 돌을 문 채로
그 자리에 그대로 뻗어버렸습니다.

마치 엎드려서 자는 것과 같이
네 다리를 사방으로 쭉 뻗은 상태로 말입니다.

힘겹게 얼굴을 들고 야네즈를 응원하고 있던 동물들도
끝내 힘이 빠져
머리를 땅에 '쿵' 하고 박았습니다.
그리고 힘없는 목소리로 불평만 했습니다.

"멍청한 돼지..."

"이번에도 돌을 씹어 버리다니..."

"혹시나 했지만 역시나..."

치치포는 야네즈가 자신의 꽃을 먹으려 했다는 생각은
전혀 하지 않았습니다.
그저 순수한 의도로
꽃향기를 맡으려 했다고 생각했습니다.

그때 여우 메이즈가 엎어진 채로 말했습니다.

"이봐 인간 친구. 우리에게 먹을 것을 좀 주지 않겠어.
우리는 몇 일간 아무것도 먹지 못했어."

"나는 먹을 것이 없는데.
내가 가진 거라곤 꽃나무 밖에 없어."

블레이크가 조용히 혼잣말을 했습니다.

"더러운 놈. 어떻게 저렇게 더러운 꽃나무를
자기 거라고 자랑하고 다닐 수 있는 거지."

하지만 그들 중 가장 영리했던 루마는
억지로 불쌍한 표정을 지으며 치치포에게 말했습니다.

"그러지 말고 여기 주변에 과일이라도 있으면
좀 가져다 줘. 우린 너무 지쳤어."

치치포는 힘이 없어 널브러져 있는 동물친구들이
불쌍해 보였습니다.
그래서 루마의 말대로 주변 있던
사과나무에서 사과를 한 아름 따다가
동물친구들 앞에 내려놨습니다.
그리고 3일 동안 수박도 먹지 않고 버텨온 블레이크에게
가장 먼저 하나를 건네며 말했습니다.
"여기 사과 있어. 어서 먹어!"

블레이크는 엎어진 채로 고개를 살짝 들어
사과를 한번 힐끗 보고는
다시 땅에 머리를 내려놓았습니다.

그리고 모든 것을 포기한 것 마냥
눈을 지그시 감으며 말했습니다.
"난 사자야. 사자라고. 솔방울(솔로몬)보다 지혜롭고
그 어느 동물들보다 힘이 센
동물들의 왕 사자라고.
그런데 나보고 사과를 먹으라니?
나는 차라리 이 흙을 먹겠어."

그리고는 혀를 내밀어 흙바닥을 핥았습니다.
"퉷퉷퉷! 맛이 왜이래!"

그 모습을 보고 있던 치치포가 웃으며 말했습니다.

"그러지 말고 이 사과를 먹어봐.

나도 사과를 처음 먹어보기 전에는 꿀도 아니고 꽃도 아닌

이 동그란 것이 무슨 맛이 있겠냐 싶었지만 지금은 누구보

다 이 사과를 좋아하게 되었어.

자 그러지 말고 아~ 해봐! 어서!

부끄러워하지 마! 사과 먹는 사자를 누가 싫어하겠어!

아마 더 많은 친구들이 생기게 될 거야.

자 이제 아~ 해봐.

내가 입에 넣어 줄 테니까!"

치치포가 블레이크의 큰 입을 한 손으로 힘겹게 들어 올려

사과 하나를 입안 깊숙이 넣어 주었습니다.

사자는 누워서 먹기가 힘들었는지 '켁켁' 거리더니 꿀꺽 소

리와 함께 삼키곤 혓바닥을 낼름 거렸습니다.

그 모습을 본 치치포는 사자가

사과를 좋아하는구나 생각하고

신이 나서 사자 입속에 사과 세 개를
계속해서 넣어 주었습니다.

그리고 다른 동물들에게도 따온 사과를 먹였습니다.
어느 정도 배가 찬 짐승들은 삼일 밤낮을
제대로 잠도 자지 못하고, 서로 다투며 왔기 때문에
그 자리에 엎드린 채로 스르르 잠이 들었습니다.

치치포는 짐승들이 누운 자리가 나무 그늘이 져 있어
혹시라도 감기가 들지 않을까 하고 생각했습니다.

그래서 시냇가 옆에 아름답게 펼쳐진 풀밭 위로
동물들을 한 마리씩 끌어다가
나란히 눕혔습니다.

야네즈와 블레이크의 경우에는
덩치가 너무 커서 옮기는데 힘이 들었지만 치치포는
온 힘을 다해 네 동물들을 전부 풀밭까지 옮겨 놓았습니다.

일을 마친 치치포는 몹시 지쳤지만
꽃나무의 향기를 깊이 들이마시고 나자
다시 힘이 솟아나는 것을 느꼈습니다.

그 신기한 기분에 기뻐하며
치치포는 또 다시 노래하고 춤을 추었습니다.

Chapter 5.
새로운 사실

치치포가 꽃나무를 돌며 춤추고 노래하고 있을 때
또 다른 친구가 풀밭으로 나왔습니다.
그 친구는 바로 높이뛰기 연습을 하러 나온
꼬마 메뚜기 위스컴이었습니다.

'아악! 이게 뭐야. 여기도 털! 저기도 털!
쿵쿵. 그리고 이 더러운 냄새들.
분명 이건 지저분한 짐승들의 냄새 같은데.
정말이잖아!'

메뚜기 위스컴은 나란히 누워 자고 있는
네 마리의 짐승들을 보고 깜짝 놀랐습니다.

'저기서 한 줄로 누워서 자고 있다니.
왜 이곳에서 잠을 자고 있는 거지?
분명 무슨 일이 있었던 것 같은데.
느낌이 좋지 않아.
잠에서 깨어나기 전에 어서 도망가야겠다.'

위스컴은 겁에 질려 도망치기 시작했습니다.

풀밭을 펄쩍 펄쩍 뛰어 도망가던 위스컴은
시내 옆에 놓인 바위 위에 올라가 잠시 뒤로 돌아
네 마리 짐승들을 살펴보았습니다.

'분명히 저 짐승들은 이곳까지 올 이유가 없는데...
그리고 왜 저렇게 한 줄로 누워서 자고 있는 거지?'

위스컴은 한참을 바위 위에서 고민하다가 번뜩하고
예전에 아빠가 들려주었던 여행담을 기억해냈습니다.

'아빠가 저쪽 먼 동산을 여행하고 있을 때
분명히 저기 누워있는 멧돼지를 보았다고 하셨어.
아빠의 이야기대로라면 저 멧돼지는
모든 냄새를 맡을 수 있는 엄청난 능력을 가졌겠지!
그래서 뭔가 멧돼지의 관심을 끈 냄새를 따라
이곳에 왔을 거야.
그렇다면 여기 어딘가에

저 멧돼지가 탐낼만한 것이 있기 때문일 거야.
악질로 유명한 저 짐승들이 이곳까지 온 것을 보면
무엇인가 큰일이 있을 것이 분명해.
특히나 저기 저 사자는 비록 지금은 자고 있지만
그 모습만으로도 너무 무서운 걸.
그냥 돌아가야겠다.'

위스컴의 아빠는 메뚜기들의 위대한 지도자이자
모험가였습니다.
그리고 위스컴은 그런 아빠가 들려주었던 여행담에서
저 네 마리 짐승들이 얼마나 악질인지 익히 들었던 것입니다.

이제 막 높이뛰기 훈련을 시작한
어린 메뚜기, 위스컴에게 짐승들은 너무나도 무서웠습니다.

위스컴은 얼른 집으로 돌아가고 싶어
집을 향해 힘차게 뛰었습니다.

하지만 멀리 가기도 전에 위스컴의 마음속에는
위대한 모험가의 아들인 자신이 영문도 알지 못한 채로
이렇게 도망치는 것이 부끄럽다는 생각이 들기 시작했습니다.

위스컴의 아빠는 누구보다도 모험심이 강하고 용감한
메뚜기였기 때문에 위스컴은 어렸을 때부터
항상 그런 아빠처럼 용감한 메뚜기가 되고 싶은
마음이 있었기 때문입니다.

그런데 어떤 일이 있는 지 제대로 알아보지도 않고 겁에 질려
이렇게 도망가는 것은 부끄러운 일이라는
생각이 들었던 것입니다.

위스컴은 이 곳에서 도대체 무슨 일이 일어나고 있는지
알아내야겠다고 느꼈습니다.
그래서 결국 가던 걸음을 되돌려 다시 잔디밭으로 향했습니다.

'분명 잔디밭 주변에 무언가 있을 거야.
가서 찾아봐야겠다. 저 짐승들이 깨어나기 전에 말이야.'

이리저리 급하게 풀밭을 누비던 위스컴은
어디선가 들려오는 아름다운 노랫소리를 듣게 되었습니다.

그리고 그 노랫소리를 따라 힘차게 날갯짓을 했고 마침내
꽃나무 주위에서 춤을 추고 있는 치치포를 발견했습니다.

치치포를 본 위스컴은 모험가 아빠가 들려주었던
다른 이야기가 또 다시 떠올랐습니다.
그건 저 언덕의, 언덕의, 언덕 너머의 세상에서 일어난
작은 인간 아이와
아름다운 꽃에 대한 이야기였습니다.

'정말이었어. 아빠가 들려주었던 이야기가 정말이었어!'

위스컴은 자신이 발견한 작은 인간,
치치포를 향해 껑충껑충 뛰어갔습니다.

"인간! 인간! 노래 그만하고 내 얘기 좀 들어봐!"

하지만 치치포는 너무나 신나게 노래하고 있어서
작은 메뚜기의 목소리를 듣지 못했습니다.

"인간! 노래 그만하고 여기 좀 보라고!
지금 이러고 있을 때가 아니란 말이야!"

치치포는 어디선가 이상한 소리를 들은 것 같아
노래를 멈추고 사방을 둘러보았습니다.

하지만 이번에도 위스컴이 너무 작아 발견하지 못했습니다.
그 모습을 본 위스컴은 있는 힘껏 뛰어 오르며
계속해서 소리쳤습니다.
"여기야! 여기라고! 나 안 보여?
네 눈앞에서 뛰고 있는 내가 안 보이냐고!"

치치포는 꽃나무를 바라보며 말했습니다.

"혹시 네가 나를 불렀니?"

한숨을 내쉰 위스컴은 마지막으로 있는 힘을 다해
목청이 터져라 소리를 질렀습니다.

"여기! 여기라고! 악!!!!!!!"

그러자 결국 치치포가 작은 위스컴을 찾아냈습니다.

"아! 너였구나!"

"이제야 쳐다보는군!"

"아. 미안해. 네가 너무 작아서 볼 수 없었어.
꿀벌들은 그나마 날아 다녀서 내 눈에 쉽게 띄었지만
너는 땅에 있잖니. 그래서인지 너를 찾기가 어려웠어.
반가워. 나는 치치포라고 해."

위스컴은 잠시 차오른 숨을 고른 뒤
치치포에게 소리쳤습니다.

"알았어! 어쨌든 그게 중요한 게 아니야!
나는 위스컴이라고 해.
옆 풀밭에서 높이뛰기 연습을 하다가 무서운 짐승 네.."

"뭐라고? 잘 안 들려!"

땅바닥에서 이야기하는 위스컴의 목소리는
치치포에게 너무 작게 들렸습니다.
그러자 치치포는 허리를 굽혀 땅바닥으로 고개를 숙였습니다.

그러자 위스컴이 펄쩍 하고 뛰어 올라
치치포 귀에 사뿐하게 내려앉았습니다.

"지금은 내 소개를 할 때가 아니야.
나중에 소개하기로 하고 지금부터 내 말 잘 들어!

난 너와 저 꽃나무에 대해 잘 알고 있어.

그리고 네가 사랑하는 저 꽃나무를 없애려고

못된 짐승들이 이곳에 온 것도 알고 있다고.

너의 꽃을 가까이서 보고 그 향기를 맡게 된다면

나 역시 헤어 나올 수 없는 깊은 사랑에 빠지게 되겠지.

하지만 그렇기 때문에 나는 너와 이 꽃나무가

다치기를 원하지 않는다고."

"무슨 말하는 거니? 누가 나를 해친다고 그러는 거야?"

치치포는 허리를 펴며 계속해서 말했습니다.

"도저히 이해 할 수 없어. 네 마리의 동물들이 내 꽃향기를

맡고 여기까지 온 것은 맞지만 너무 지쳐 있어서

내가 직접 사과를 가져다주고 햇볕이 드는 따뜻한 풀밭에

힘들게 옮겨 놓았다고.

지금쯤 한가롭게 자고 있을 텐데...

그런데 그들이 나를 해치러 왔다고?

그리고 자꾸 왜 못된 짐승들이라고 하는 거니?

멧돼지가 내 꽃나무 주변에 쌓아 놓은 돌담을
조금 망쳐 놓긴 했지만 그것을 빼고는
나쁜 짓을 하나도 하지 않았는걸."

"그게 문제야!"

"문제라고?"

"우리 아빠가 해주신 말씀 그대로란 말이야!
시간 없지만 네가 너무 내 말을 믿지 못하는 것 같으니
내가 빨리 설명해 줄게.
부탁이니 내 얘기를 잘 들어봐."

"나는 저 동물들이 못됐다고 생각하지 않지만
한 번 네 이야기를 들어볼게."

"잘 들어. 옆의, 옆의, 옆의 옆 동산에도
이와 비슷한 일이 있었다고 해.
한 작은 인간이 생겨났고 그 인간 옆에는 너무나 아름답고
향기가 좋은, 그래서 모든 곤충들이 사랑에 빠져 버린
아름다운 꽃나무가 피었지.
그런데 그 향기는 이상하게도 짐승들에게는
세상의 그 어떤 냄새보다도 훨씬 지독한 악취였던 거야.
참다못한 짐승들은 작은 인간에게 겁을 줬고,
결국에는 멧돼지가 그 꽃을 먹어 버렸다고 해.
그렇게 끝내 꽃을 잃은 그 작은 인간은 영원한 슬픔에
빠져 하염없이 눈물만 흘렸고,
어느 순간에는 흔적도 없이 사라져 버렸다는 이야기야.

그리고 그 네 마리 짐승들은
동산에 두 번 다시 꽃이 필 수 없도록
동산을 아주 엉망으로 만들어 버렸다고 해."

"그런 끔찍한 일이 있었다고?
그럴 리 없어. 네 이야기는 더 이상 듣고 싶지도 않고
저 동물들은 내 꽃나무를 해칠 힘도 없다고.
덩치만 컸지 부끄러움이 얼마나 많은 동물들인데 그래."

"아니야. 이제 곧 잠에게 깨어나면 힘을 되찾아서
이 번에도 이 꽃나무를 먹어버리려고 할 거야.

무엇인가 대책을 세우지 않으면 너도 꽃을 잃고
영원한 슬픔에 잠기게 될 거라고.
그리고 우리 동산은 완전히 엉망이 될 테고.
그럼 나는 내가 정말 사랑하는 이 풀밭에서
다시는 높이뛰기 연습을 할 수 없게 되는 거라고."

"말도 안 돼. 그럴 리 없어.
내 꽃나무를 잃는다는 것은 내 전부를 잃는 것과 같은걸.
꽃나무는 내 생명과도 같다고."

"그러니까 내가 하는 말 잘 들어.
지금 당장 꽃나무의 뿌리가 상하지 않게 잘 파 낸 다음
먼 곳으로 피하는 것이 좋을 것 같아.
자리를 옮겨 다시 생각해 보자고.
그때는 시간적 여유가 더 생길 테니까.
그러면 누군가 우리를 도와 줄 친구를 찾을 수 있을 거야."

"아니야. 생각만 해도 슬프고 겁이 나는 걸.
혹시라도 저 동물들이 정말 나와 친구가 되고 싶어서
온 것이라면 그건 정말 미안할 일을 저지르게 되는 거라고."

"지금 짐승들이 깨어나면 모든 것이 끝장이란 말이야.
넌 그 꽃을 정말 잃고 싶은 거니?
여기 가만히 있으면 모든 것이 끝날 텐데?
내가 같이 갈 테니 빨리 땅을 파서 꽃나무를 가지고
이 자리를 피하자.
부탁이야."

위스컴의 간절한 설득에 치치포의 마음속에는
혹시나 하는 생각이 들었습니다.
하지만 위스컴의 말을 믿을수록 동시에
두려움도 커졌습니다.

"나는 이곳에 온 후로 꽃나무 주변을 떠나본 적이 없어.
길도 잘 모르고
어떻게 이 꽃나무를 지켜야 하는지도 알지 못한다고.
그리고 동물들은 네 마리 씩이나 되지만
나는 혼자인데 정말 저 동물들이 내 꽃나무를 없애려고
한다면 나는 꽃나무를 지킬 방법이 없단 말이야."
근심과 걱정에 찬 치치포를 본 위스컴이
치치포를 위로했습니다.

"치치포라고 했지? 겁이 많이 날 거라고 생각해. 나도 그래.
하지만 그 꽃나무를 잃는 것보다 더 큰 두려움이 또 있을까?
저 꽃나무는 너의 생명과도 같다며."

"맞아. 때론 이렇게 만져지는 내 자신보다 내 옆에서 항상
자리를 지켜주는 이 꽃나무가 더 사랑스럽거든."

"나에게도 이 동산은 너무나 소중해.
우리 할아버지의 할아버지 때부터 저기 풀밭에서
높이뛰기를 배워 왔어.
어린 메뚜기들이 어른으로 인정받기 위해 높이뛰기 연습을
하고, 그 시험을 치르는 곳이 바로 저기 풀밭이란 말이야.
우리에게는 얼마나 중요한 곳인지 몰라.
얼마나 뜻 깊은 곳인데."

위스컴의 진심 어린 설득에 치치포는
위스컴의 말이 거짓이 아니라는 생각이 들었습니다.

"알겠어. 우선 이곳을 떠나자.
아직 확실하진 않지만 너의 진심어린 말을 들으니 그렇게
하는 게 좋을 것 같아.
하지만 절대 나를 떠나지 않겠다고 약속해줘.
혼자 이 꽃을 지키기에는 나는 아는 것도 없고 힘도 없어."

"알겠어. 걱정하지 마. 너를 떠날 거였다면 가던 길을
되돌아서 너를 찾아오지도 않았을 거야.
빨리! 어서 빨리! 꽃나무를 캐내."

위스컴은 치치포의 귀에 앉아 꽃나무가 상하지 않게
뿌리를 안전하게 뽑아 올리는 법을 가르쳐 주었습니다.

꽃나무를 조심히 땅 속에서 캐낸 치치포는
꽃나무를 가슴에 안아 들었습니다.

"잘 생각했어. 혹시나 당할지 모를 두려움에 꼼짝 않고
있는 것보다 두려워도 한걸음 내딛는 편이
훨씬 용감한 거라고 우리 아빠가 항상 말씀하셨어.
치치포! 이제 우리 함께 저쪽 길을 따라 달리는 거야."

치치포와 메뚜기 위스컴은 함께 피할 곳을 찾아
달리기 시작했습니다.
하지만 꼬마 치치포와 작은 위스컴이 멀리 달아나기에는
어려움이 너무나 많았습니다.

땅 속에서 캐낸 꽃나무의 뿌리는 어느 새 서서히 말라가고
있었습니다.

Chapter 6.
용 황제의 심부름꾼

나무뿌리가 마르게 되면
꽃나무 역시 죽어 버리기 때문에
달아나는 치치포와 위스컴의 마음은
갈수록 조급해지기 시작했습니다.

그런 치치포의 마음과 달리
네 짐승들은 실로 오랜 만에 달콤한 잠에
빠져 있었습니다.

하지만 갑작스러운 손님의 방문에
그들의 단잠도 끝이 났습니다.

"까악! 까악!"

콕콕콕콕.

"아! 따가워!"

"뭐야! 저리 가지 못해!"

"어흥! 누구냐! 감히 잠자는 사자의 이마를 쪼는 놈이!!"

"까악까악. 지금 편하게 자고 있을 때가 아니라고.
너희 때문에 용황제께서 얼마나 화가 나셨는지 안다면
너희들이야말로 지금 이렇게 편하게 있지 않을 텐데."

용황제라는 말을 듣자마자 짐승들은
잔디밭에서 벌떡 일어나
머리를 땅바닥에 대고 엎드려 벌벌 떨기 시작했습니다.

그렇게 엎드려 있는 멧돼지 야네즈의 엉덩이 위로
까마귀 한 마리가 사뿐히 내려앉았습니다.

까마귀는 등에 자신의 덩치보다 두 배는 더 커다란
보자기 꾸러미를 매고 있었습니다.

꾸러미를 매고 날아오는 것이 어찌나 힘겨웠던지
까마귀의 까만 깃털들은 지금 땀에 흠뻑 젖어 있었습니다.

하지만 그런 볼품없는 모습에도 불구하고 까마귀의
태도는 아주 당당했고 여유가 넘쳤습니다.

'로이드'라는 이름을 가진 그 까마귀는 소위 용황제의
심부름꾼으로 불리는 만큼 언제나 자신감이 넘쳐흘렀습니다.
"너희들이 그 더러운 꽃을 파괴하지 못한 것 때문에 용황제
께서 얼마나 화가 나셨는지 너희는 모를 거야. 용황제께서
는 코를 며칠 째 틀어막고는 너희들만 원망하고 계시다고!
그래서 너희가 빨리 그 꽃나무를 처리하지 못하면
아마 너희는 용황제님의 한 끼 식사가 되고 말거야."

용황제는 이곳 동산에서 멀리 떨어진, 숲과 강을 지나야
나오는, 큰 산의 깊은 곳에 위치한 동굴에 살고 있었습니다.

그를 만나기 위해서는 어른 키의 두 배나 되는
큰 문을 세 개나 지나야 했는데,

첫째 문은 눈이 한 개뿐인 거인이 지키고 있었고, 그는 한
손에 가시가 박힌 커다란 방망이를 들고 있었습니다.
옷은 짧은 반바지 하나만 입고 있었고 온몸은 길고
꼬불꼬불한 털로 가득했으며, 목소리는
또 얼마나 두꺼운지 듣기만 해도 온 몸이 덜덜 떨리는 것이
느껴질 정도였습니다.

두 번째 문은 수많은 뱀들로 막혀 있었는데
그 숫자가 어찌나 많은지 그 누구라도 그 곳을 무사히 뚫
고 들어가는 것이 불가능해 보였습니다.

셋째 문은 아무도 지키고 있지 않았습니다.
하지만 그 문은 엄청나게 뜨거운 불에 달구어진 것 마냥 항
상 검붉은 빛으로 달아올라 있었습니다.

문틈에서는 악취와 함께 검은 연기가 피어나왔고,
그런 이유로 그 누구도 용황제에게
쉽게 다가갈 수 없었던 것입니다.
하지만 로이드는 용황제의 옆에 앉아서 그의 말을
다른 짐승들에게 전달해주는 역할을 맡고 있었기에
두 번째 문까지는 무사히 들어갈 수 있었습니다.

필요한 일이 있을 때면 용황제는 검붉게 달아 오른
문을 사이에 두고 로이드에게 명령을 내렸습니다.
그러면 로이드는 그 말을 지시받은 대로
짐승들에게 전달했습니다.

하지만 로이드 역시도
실제로 용황제를 본적은 단 한 번도 없었습니다.

뿐만 아니라 이제까지 용황제를 직접 만났던 동물들은
모두 그 자리에서 잡아 먹혀 버렸기에
용황제가 실제로 어떤 모습인지는 아무도 몰랐습니다.

다만 용황제가 자신을 용황제라 부르라고 했기 때문에
그렇게 부르고 있는 것뿐이었습니다.

그런 용황제 역시 다른 짐승들과 마찬가지로
치치포의 꽃나무에서 나는 향기가 너무나도 싫었습니다.

그래서 블레이크, 루마, 야네즈, 메이즈에게 그 꽃나무를
없애라는 명령을 전달하기 위해 까마귀를 보낸 것이었습니다.

용황제의 명령이라는 말에 잔뜩 겁먹은 루마가
떨리는 목소리로 말했습니다.

"로이드. 이제 우리가 어떻게 해야 하지?"

여우 메이즈도 말했습니다.

"제발 용황제님께 말 좀 잘 해줘. 부탁이야."

힘 센 사자 블레이크도 역시 겁에 질린
목소리로 말했습니다.

"이제부터 하라는 대로 다 할게! 방법만 가르쳐 줘."

네 마리의 짐승들은 엉덩이를 부들부들 떨며 로이드에게
살려달라고 애원했습니다.

용황제라는 단어가 나올 때마다 치켜들고 있던 엉덩이는
더욱 심하게 하늘을 향해 치솟았고 사정없이 떨렸습니다.

짐승들은 앞발로 머리를 감싼 채로 매우 두려워했습니다.
그때 로이드가 말했습니다.

"너희들이 잠든 틈에 이미 그 인간은 꽃나무를 가지고
도망갔다고.
그 말은 너희들이 꽃을 파괴하려 했다는
사실을 알게 됐다는 말이지!

이제는 그 인간도 가만히 있지 않고 싸우려 하겠지.
내 생각에는 이 풀밭에 살고 있는 메뚜기 놈이
다 말한 게 틀림없어.
그놈들은 항상 이곳이 자신들의 풀밭인 것 마냥
이리저리 뛰어 다닌다고!
진즉에 내가 확 쪼아 먹어버렸어야 했는데 말이야!"

루마가 고개를 슬며시 들며 말했습니다.

"지금 당장이라도 우리가 가서 그 꽃나무를 없애 버릴게.
그러니까 로이드 네가 가서 시간을 조금만 더 달라고
용황제께 말씀드려 줘."

로이드가 대답했습니다.

"이런 멍청하고 게으른 놈들!
그러고만 있지 말고 내 말 잘 들어.
이미 그 인간은 꽃나무를 지키기 위해 여기저기에서
도움을 받고 있을 거라고.

너희들이 그냥 간다고 해서
꽃나무를 없앨 수 있을 것 같아?
절대 불가능해!
그래서 우리 용황제께서 멍청한 너희들이 쓸 만한
몇 가지 무기들을 내리셨다고.
그러니 너희들은 용황제님의
그런 세심한 배려에 감사하라고.
용황제님 만세! 만세! 만만세!"

"만세! 만세! 만만세!"

짐승들은 뭐가 뭔지도 모르고
까마귀 로이드가 하는 만세를 따라했습니다.
그리고 루마가 물었습니다.

"어떤 무기인데 그래?"

로이드는 메고 있던 꾸러미를 내려놓으며 말했습니다.

"자 첫째로 용황제님의 발톱이야.
이 발톱은 스치기만 해도 그 자리에서 죽고 마는
무시무시한 독이 발라져 있다고."

"우와 이리 줘봐!"

루마가 잽싸게 가로챘습니다.

"이게 그 용황제님의 발톱이구나!
이제 사자 네 녀석도 문제없겠는 걸! 헤헤헤헤헤헤헤헤.
이제까지 나를 작다고 우습게 봤겠다. 헤헤헤헤."

블레이크는 기분이 상한 듯 말했습니다.

"루마. 장난이 심하군! 저리 치우지 못해!
비겁하게 무기를 들고 싸울 테냐?"

하지만 루마는 사뭇 진진한 표정으로 용의 발톱을 들고
블레이크에게로 다가갔습니다.
사실 용의 발톱은 루마가 들기에는 다소 무거웠지만
지금까지 블레이크에게 당한 것이 억울했는지 낑낑대면서도
발톱을 들고 블레이크에게로 다가갔습니다.

그러자 당황한 블레이크가 뒷걸음질을 치며 말했습니다.

"왜 이래? 왜 이러냐고!
내가 지금까지 조금 예민하게 굴긴 했지?
미안해~ 내가 미안하다니까.
그러지 말고 발톱 좀 내려놓고 우리 한번 같이... 그래!
웃자! 하하하하...하하하...하..."

로이드는 한심하다는 듯 블레이크를 바라보다가
크게 소리를 질렀습니다.

"까악!!!!!!!!!!!!!!! 이 멍청한 놈들.

시간이 없다고 말했을 텐데.

그러다 너희들 모두 용황제께 잡아먹힌다고!

내 얘기 잘 들어 나도 시간이 없어.

나도 빨리 용황제께 바칠 멍청한 동물을 찾으러 가야 한다고!

두 번째 무기는 바로 용황제님의 비늘이야.

이 비늘을 몸에 걸치면 그 아름다움에 모두가

넋이 나가게 되지.

그 조그만 인간을 유혹하는데 쓰면 좋을 거야!"

그 이야기를 들은 여우 메이즈가

서둘러 용황제의 비늘을 잡아챘습니다.

그리고 비늘의 매끄러운 표면을 만지며 황홀한 표정을

지으며 말했습니다.

"이 중에서 이걸 제대로 걸칠 수 있는 건 나뿐이겠지.

그러니 이건 내가 챙기도록 하겠어."

다른 짐승들이 또 끼어들려는 모습을 본 로이드는 서둘러 다른 무기를 꺼내들었습니다.
짐승들을 일일이 상대하다간 오늘 하루가 다 지나도 끝나지 않을 것 같았기 때문입니다.

"그리고 이건 용황제님의 눈곱!
이걸 눈에 붙이게 되면 주변의 어느 누구의 말도 믿지 못하고 의심하게 되지.
만약 그 인간의 눈에 이걸 붙이게 된다면 그 인간 놈은 자신을 도와주는 친구들조차도 믿지 못하게 될 거야.
그리고 홀로 꽃나무만을 바라보다 끝내 너희들에게 먹혀 버리겠지.

마지막으로 이건 용황제님의 눈물!
효과는 나도 잘 모르겠어. 나도 처음 보거든.
단, 마시면 절대 안 된다는 사실을 명심하도록 해.
단 한모금도.
그리고 그 인간이 마시도록 유도해야 하는 거야.

그럼 난 이제 시간이 없어서 이 정도로만 설명하고 가겠어.
너희들만 두고 가려니 눈앞이 막막하군."

"우와 "
"우와 "

동물들은 치치포와 꽃나무를 없애 버려야 한다는 생각도
잊어버린 채 까마귀 로이드가 가져다 준 용황제의
무기들을 보느라 정신이 없었습니다.

루마는 용황제의 발톱으로 사자를 이기는 상상에 빠졌고,
메이즈는 용 황제의 비늘을 몸에 감고 누구보다 아름다운
자신의 자태를 뽐내고 싶었습니다.
블레이크는 용황제의 눈곱을 들고 모두를 의심하면서
자신만이 진짜 왕이라고 생각했고,
또 멧돼지 야네즈는 오로지 먹고 싶은 생각에
용 황제의 눈물을 탐냈습니다.

그때 로이드가 날갯짓을 하며 말했습니다.

"자 이만 나는 가야겠어. 멍청한 너희들과 더 있다가는
내가 용황제님의 밥이 될 것 같아.
용황제님이 주신 무기들은
너희들이 알아서 잘 사용하도록 해.
하지만 꼭 명심해야 할 것은
시간이 많이 남아 있지 않다는 사실이야.
용황제님은 이미 꽃냄새 때문에 화가 잔뜩 나신 상태라고!
부디 너희들이 용황제님의 한 끼 식사가
되지 않길 바란다! 하하하하."

로이드가 왔던 방향으로 다시 날아가 버리고,
네 마리 짐승들은 네 가지 무기들과 함께 남겨졌습니다.
그들은 무기를 하나씩 챙겨들고 치치포와 꽃나무가 있던
자리로 서둘러 달려갔습니다.

하지만 그곳엔 꽃나무를 둘러싸고 있던 작은 돌담만 있을
뿐 치치포도, 꽃나무도 더 이상 찾아 볼 수 없었습니다.
이미 모두 떠난 뒤였습니다.

네 마리의 짐승들은 처음 꽃나무를 찾아 여행을 했던 것처럼
저 마다 자신이 생각하는 길이 치치포가
도망간 방향이라며 싸우기 시작했습니다.
하지만 용황제의 식탁에 오르게 될 스스로를 떠올리며
어느 때보다 단합하여 치치포를 뒤쫓기 시작했습니다.

Chapter 7.
꽃나무의 주인

꽃나무를 안은 채로 뛰고 있던 치치포의 얼굴은 땀으로
흥건했습니다.

"힘들어, 힘들다고...
더 이상은 못 가겠어.
꽃나무 뿌리에 붙어있던 흙도 다 떨어졌고,
물기도 다 말라버렸는걸...
이러다 꽃나무가 말라 죽으면 어떡해?"

"치치포! 지금 그렇게 편하게 투덜거릴 때가 아니야!"

"위스컴이라고 했지? 내 꽃나무를 보라고!
꽃잎을 이렇게 잔뜩 오므리고 있잖아.
더 이상 향기도 나지 않고.
힘들어 하는 게 분명하다고.
나도 배고프고 지쳐서 더 이상 힘이 나지 않아.
꽃나무의 향기가 너무 그리워..."

힘들어 하는 치치포를 더 이상 볼 수 없었던
메뚜기 위스컴이 말했습니다.

"그럼 우선 안전하게 숨을 곳을 찾아보자.
그 곳에 꽃나무를 다시 심어 놓은 다음
잠깐 쉬었다 가는 거야.
꽃나무가 다시 꽃잎을 열고 향기를 내면
그 향기를 맡고 다시 힘을 내서 이동하는 거야."

위스컴의 말에 이번에는 치치포가
반대로 울상을 지으며 말했습니다.

"그래도 괜찮을까?
그러다가 짐승들이 찾아오면 어떡하지?"

"어쩔 수 없잖아. 꽃나무가 말라 죽거나, 그들에게 먹히거
나, 결국 잃어버리는 것은 마찬가지니까.
우선 꽃나무를 살려야 하지 않겠어?"

"하지만 그 네 마리 짐승들을 떠올려 보니
무섭기 짝이 없는 걸.
돌이켜 생각해보면 특히 사자의 그 무서운 발톱은
정말 소름이 돋을 정도라고.
그런 녀석들이 쫓아온다고 생각하니 쉬고 싶다가도
또 다시 걱정이 드는 걸."

치치포는 이러지도 저러지도 못한 채 서 있었습니다.
그런 치치포를 보며 위스컴은
과거 아빠가 들려주셨던 이야기가 생각났고,
자신감이 가득한 목소리로 치치포를 안심시켜 주었습니다.

"걱정하지 마. 치치포. 우리 아빠는 메뚜기들의 으뜸가는
지도자 중에 한 명이시지만,
한 때는 메뚜기들 모두가 인정하는 최고의 탐험가셨어.
아빠는 항상 좋은 풀을 찾아 이곳저곳을 홀로 여행하셨지.

때로는 혼자라는 생각에 힘든 적도 많았지만 그렇게 힘들
때면 항상 곁에서 도와준 바람의 소리에 대해 말씀하셨어.
우리에게도 우리를 도와줄 누군가가 반드시 있을 거야.
그러니 걱정 말라고.
비록 지금은 우리 주변에 아무도 없는 것 같아도 말이야.
그리고 나도 이렇게 여기 있잖아. 하하.”

위스컴은 더듬이로 치치포의 머리를 톡톡 두드렸습니다.
치치포는 비록 덩치는 작지만 자신의 곁에 같이 있어주는
위스컴에게 고마운 마음이 들었습니다.
그래서 다시 한 번 용기를 내보기로 했습니다.
둘은 숨을 만한 곳을 찾아 돌아다니다
어느 숲 안쪽에 들어서게 되었습니다.

그 숲은 잎이 무성한 나무들 사이로 햇볕이 줄기줄기 들어
오는 신비로운 곳이었습니다.

숲 안으로 들어온 치치포는 꽃나무를 다시 살펴보았습니다.

뿌리가 땅속에서 뽑혀져 나온 나무는
점점 말라 죽어 가고 있었습니다.
치치포는 가슴이 아팠습니다.

향기를 잃어버린 꽃나무를 보는 것은
치치포에게 정말 큰 고통이었습니다.
치치포는 차라리 자신이 꽃나무 대신 고통을 당하는 편이
낫겠다는 생각마저 들었습니다.

위스컴과 치치포가 꽃나무를 지켜 내기 위해서는 짐승들이
찾기 힘든 먼 곳으로 도망쳐야 했지만,
죽어가는 꽃나무를 가지고는 더 이상 멀리 갈 수 없었기에
둘은 그 숲 속에 잠시 숨어 있기로 했습니다.
치치포가 말했습니다.
"이곳이 좋겠어."

"치치포. 내가 볼 땐 저쪽이 더 괜찮을 것 같은데.
나무들이 동그랗게 모여 있어서 몸도 숨길 수 있고 가운데
에 여유 공간도 있어서 꽃나무를 다시 심어 놓고 잠시 누워
서 쉴 수도 있을 것 같아.
너는 덩치가 산처럼 크잖아.
네가 누워 쉬려면 저렇게 넓은 공간이 필요해."

치치포는 고작 10살 정도 되는 작은 아이의 몸이었지만
엄지 손가락만한 위스컴의 눈에는 산만큼이나
크게 보였습니다.

자신을 보고 산만큼이나 크다고 말하는 위스컴을 보며
치치포도 웃으며 말했습니다.

"너는 작지만 지혜롭고 용감하잖아."

위스컴은 더듬이를 바짝 세우며 자랑스럽게 이야기 했습니다.

"하하. 뭐 그런 칭찬을. 우리 메뚜기들은 덩치는 작지만 할 줄 아는 것이 참 많은 곤충이긴 하지. 날개가 있어서 땅에 사는 다른 곤충들과 달리. 어쩌고.. 저쩌고.."

위스컴은 치치포의 칭찬에 우쭐해져 피곤함도 잊은 채 메뚜기 일족에 대한 자랑을 늘어놓기 시작했습니다.

메뚜기는 날수도 있고,
높이 점프를 할 수도 있으며,
한 번에 많은 새끼를 낳기도 하고,
모두가 모여 힘을 합쳐
싸우면
마치 폭풍처럼 무서운 군대가 된다는 등의 자랑을
이어갔습니다.

그래서 인간들은 아주 무서운 적이
휩쓸고 지나간 자리를 두고
'마치 메뚜기 떼가 지나간 것 같다.'
라고 말한다는 것이었습니다.

하지만 치치포는 꽃나무를 다시 심기 위해 열심히 땅을 파
고 있는 중이어서 귀에서 끊임없이 떠드는
위스컴의 이야기를 제대로 듣지 못했습니다.
꽃나무를 다시 심은 치치포가 손을 털며 말했습니다.

"다 했다! 이렇게 꽃나무를 심어 놓으면
다시 꽃이 활짝 피겠지?"

하지만 위스컴은 치치포가 꽃을 다 심을 때까지도 했던
이야기를 계속 반복해서 하며 메뚜기 자랑을
이어가는 중이었습니다.

"언젠가 우리 메뚜기들이 떼를 지어
저 넓은 들판을 지나가고 있을 때.."

"위스컴! 내 꽃나무가 이 정도면 괜찮겠냐고?"

"아~ 미안해. 메뚜기 일족의 위대한 모험가의
아들로서 사과하지.
음. 그 정도면 꽃나무가 다시 피어나기에
충분해 보이는 걸."

"다행이다. 그런데 나 너무 피곤하고 힘이 없어.
잠깐만이라도 쉬고 싶다."

"나도 그래. 그럼 우리 어차피 꽃나무가 다시 향기를 내길
기다려야 하니 잠시 눈을 붙이도록 하자.
아직 짐승들이 따라오려면 멀었을 테고,
꽃나무에서 향기도 나지 않으니 찾기도 어려울 거야."

둘은 너무 지쳐 있었고 쉬지 않고 뛰어오느라 잠도 제대로
자지 못했기 때문에 잠시 잠을 자기로 했습니다.
치치포가 나무에 기대어 앉자마자 둘은 시합이라도 하듯
곧바로 잠이 들었습니다.

치치포와 위스컴이 숲 속에서 잠이든지 얼마나 흘렀을까요.

치치포는 다시 몸을 일으켰습니다. 그리고 눈을 뜨자마자
심어놓은 꽃나무를 이리저리 살펴보았습니다.

하지만 꽃은 아직도 꽃봉오리를 닫은 채였습니다.
꽃나무는 여전히 힘이 없어 보였습니다.
치치포의 마음은 더욱 무거워졌습니다.
다시 꽃나무를 심기만 하면 이전과 같은 모습으로 되살아
날 거라 생각했지만 그렇지 않았기 때문입니다.

치치포는 다시 마음이 어두워 졌습니다.
너무 힘들고 지쳐 있었던
치치포는 슬픔을 이기지 못하고 울기 시작했습니다.
치치포의 울음소리에 위스컴도 잠에서 깨
벌떡 일어났습니다.

"무슨 일이야?"

치치포가 훌쩍거리며 대답했습니다.

"꽃나무가 아직도 그대로잖아."

위스컴은 위로의 말을 하고 싶었습니다.
하지만 여전히 힘이 없어 보이는 꽃나무를 보고는 치치포
를 위로해줄 말이 생각나지 않았습니다.
치치포는 계속해서 훌쩍이며 말했습니다.

"너나 이전에 만난 꿀벌들은 가족들이 있는데 이제 보니
나는 가족도 하나 없어.
난 혼자라고.
나처럼 걸어 다니는 인간은 나 하나뿐이란 말이야.
너 같이 모험가 아빠가 없어서 이렇게 어려울 때 어떻게
해야 하는지 물어볼 사람도 없잖아.
내가 왜 여기 있는 거지?
도대체 아무 것도 알 수가 없다고."

치치포의 우는 모습에, 그리고 가족에 대한 이야기도 나오자
위스컴도 같이 슬퍼지기 시작했습니다.

터져 나오려는 울음을 꾹꾹 눌러 참아보려 했지만 손으로
물이 나오는 수도꼭지를 막을 수 없듯이 위스컴 역시 터져
나오는 눈물을 막을 수 없었습니다.

치치포와 위스컴은 함께 울기 시작했습니다.

"으아아앙."
"으어어엉."

둘은 숲 속에 주저앉은 채로 한참을 서럽게 울었습니다.
그리고 그 때 어디선가 따뜻하면서도 한편으로는 시원한
바람이 불어왔습니다.

그 바람을 타고 고요한 듯 속삭이는 소리가 들렸습니다.
하지만 치치포와 메뚜기는 훌쩍이느라 그 소리를 제대로
들을 수 없었습니다.

피부로 와 닿는 그 바람이 둘의 눈물을 깨끗하게 닦아 주
자 치치포와 위스컴은 더 이상 눈물이 나오지 않았습니다.

울음을 멈춘 치치포와 메뚜기는 그제야 속삭이는 듯 이야
기하는 바람의 소리를 듣게 되었습니다. 그 소리는 점점 커
지더니 조금씩 정확하게 그들의 귀에다 대고 말했습니다.
"치치포! 치치포! 무슨 소리 들리지 않니?"

"그래 위스컴. 나도 들은 것 같아. 마치 바람을 타고 오는
소리 같아. 바람도 너무 상쾌해. 바람이 얼굴을 스치는 것만
으로도 기분이 한결 좋아지는 것 같아."

"그래 맞아. 울고 싶어도 울 수 없게 만드는,
그런 기분 좋은 바람이야."

"맞아. 내 꽃나무의 향기처럼 달콤한 바람이야."

신기하게도 그 소리는 치치포와 위스컴이 귀를 기울이면
기울일수록 더욱 크게 들려 왔습니다.

그러나 꽃나무에 시선을 돌리고 다른 생각을 할 때면
다시 소리는 작아졌습니다.
그래서 치치포와 위스컴은 신기한 바람의 소리에 집중해
보기로 했습니다.
두 귀를 쫑긋 세우고, 눈은 지그시 감았습니다.

그러자 바람은 다시 강하게 불기 시작했습니다.
그 바람은 매우 강하게 불었지만 전혀 춥거나
기분을 상하게 하지는 않았습니다.
오히려 마음을 더욱 편안하게 만들어 주었습니다.

그와 동시에 바람의 소리는 어느 새 폭포수가
땅에 떨어지는 것과 같은 엄청난 소리로
귓속으로 들어왔습니다.
바람의 소리가 말했습니다.

"나는 이 꽃나무의 주인이고, 이 동산의 주인이란다! 나는 이 꽃나무의 주인이고, 이 동산의 주인이란다! 내가 이 꽃을 치치포 너에게 주었고, 자라나게 했으며, 아름다운 색을 발하게 했다. 나는 이 꽃나무의 주인이고, 이 동산의 주인이다!"

폭포수 같은 그 소리에 메뚜기와 치치포는
두려운 마음마저 들었습니다.
하지만 바람의 소리를 들은 꽃나무가 다시 힘을 얻어
꽃을 활짝 피우고,
바람에 맞춰 살랑살랑 춤을 추기 시작하자 그 모습을 본
치치포와 위스컴은 정말로 바람의 소리가 꽃나무의 주인이
라는 사실을 믿게 되었습니다.
그리고 두려움을 주었던 폭포수와 같은 바람의 소리가
이제는 자신들을 도와주는 어떤 좋은 것으로
여겨지기 시작했습니다.
둘이 다시 핀 꽃나무를 보며 기뻐할 때 바람의 소리가
치치포의 이름을 불렀습니다.

Chapter 8.
바람의 소리

바람의 소리는 당연하다는 듯 치치포의 이름을 불렀습니다.

"치치포야. 치치포야."

치치포가 대답했습니다.

"네."

자신을 부르는 그 소리는 신기하기도, 두렵기도 했지만, 그 속에는 왠지 모를 따뜻함이 묻어나고 있었습니다.

"치치포. 나는 이 꽃나무의 주인이란다.
내 꽃나무를 사랑하는 치치포야.
너로 인해 내가 기쁘구나.
그리고 네가 이 꽃나무를 아끼고 사랑하는 모습을 보니
내 마음이 정말 기쁘단다."
치치포가 놀라움과 기대감을 가지고 물었습니다.

"누구신가요? 그리고 도대체 어디에 계시는 건가요?
목소리를 들어보면 분명 좋은 분이라는 생각이 들어요.
왜인지는 모르겠지만요.
그러니 숨어 계시지 마시고 저에게 모습을 보여주세요.
위스컴처럼 작아서 볼 수 없는 건가요?
아니면 못된 짐승들처럼 거짓말로 나를 속여 꽃나무를
없애려는 건가요?"

"치치포야. 너는 나를 볼 수 없단다.
사실은 너뿐만 아니라 누구도 나를 볼 수 없지.
하지만 누구나 나를 느낄 수 있고, 내 소리를 들을 수 있단다.
내 소리를 들으려 하는
모든 이들은 나의 이야기를 들을 수 있지.
그러니 내 소리에 계속 귀를 기울이렴."

"저는 지금 귀를 기울이고 있어요.
계속 이야기 하고 싶어요.
당신의 소리는 어떨 때는 폭포수 같이 크지만,
또 어떨 때는 너무나 부드럽고 따스한 걸요.

그래서 그런지 당신이 하는 말은 도저히 거짓말이라는
생각이 들지 않아요.
저는 그냥 단지 당신을 보고 싶을 뿐이에요.
저는 가족이 없어서 외롭거든요."

"고맙구나. 하지만 그럴 수 없단다.
네 옆을 보렴. 지금 네 옆에 있는 위스컴은 다시 핀 꽃나무
의 꽃향기에 취해서 나의 소리에 귀를 기울이지 않는구나.
그래서 너와 나의 대화를 들을 수 없단다. 너는 내 말에
계속해서 귀를 기울이거라."

바람 소리의 말처럼 위스컴은 이제 막 피어난 꽃나무의
향기에 취해 멍하니 웃으며 꽃나무만을 바라보고 있었습니다.

잠시 위스컴을 본 치치포가 고개를 돌려
숲 안쪽을 바라보며 물었습니다.

"위스컴에게는 제가 직접 이야기 해주겠어요. 저는 물어볼
것이 너무나 많아요. 궁금한 것도 너무나 많아요."

"다 알고 있단다.

나는 네가 생겨나기 전부터 이미 이곳에 있었고

네가 눈물을 흘리고

노래하고 춤추는 모습을 지켜보고 있었단다.

네가 흘린 눈물이 꽃나무의 씨앗이 되는 것을 봤고,

그것은 나에게 큰 감동이 되었단다.

그래서 나는 그 눈물의 씨앗에 생명을 넣어 주기로 결심했지.

그리고 아름다운 꽃을 피워 너에게 준 것이란다.

나는 너희들이 흘리는 눈물을 믿거든.

나는 그 어느 것보다 너희들이 흘리는 눈물을 사랑한단다.

모든 꽃나무의 주인은 바로 나지만,

나는 너 같이 작은 아이의 눈물을 통해서만 꽃나무를 피우

기로 이전부터 결심하고 있었지."

"왜 제게 이 꽃나무를 주신 거예요?

이 꽃나무는 너무나도 아름답고 사랑스럽지만 지금은

이 꽃나무로 인해 짐승들로부터 어려움을 당하고 있어요."

"치치포야. 차차 알게 될 거야.

때로는 한 번에 모든 것을 알게 되는 것보다, 천천히 하나

씩 알아가는 것이 더 좋을 때가 있단다.

하지만 한 가지는 말해주마.

이 꽃나무는 또 다른 너란다.

꽃나무는 이 동산의 어떤 것보다도 소중한 것이기 때문에

많은 짐승들은 이를 질투하고 시기하고 있어.

그래서 이 꽃나무를 없애려 하는 것이지.

하지만 꽃나무는 자신을 스스로 지킬 수 없으니 치치포

네가 이 꽃나무를 지켜줘야 하는 거란다.

또한 그 외에도 큰 비밀들이 이 꽃나무 안에 숨어 있지.

하지만 그 비밀들은 네가 이 꽃나무를 지켜 낼 때마다

하나씩 하나씩 너에게 모습을 드러내게 될 거야."

"이 꽃나무가 또 다른 저라고요?

아! 어쩐지 제가 춤추고 노래하며 기뻐할 때 꽃향기도

더 향기롭고 진한 것 같았어요.

하지만 그렇다고 해도 저 말고 다른 제가 있다는 것은

잘 이해가 되지 않아요.

그리고 이 꽃나무를 지켜 내는 것도
어린 저에게는 너무 힘든 일이에요."

"세상에서 가장 힘든 것이
자기 자신을 진심으로 사랑하고 지켜내는 일이지.
자기 자신을 사랑하고 지킬 수 있을 때,
비로써 다른 것들도 진심으로 지켜 낼 수 있는 법이거든.
네가 이 꽃나무를 지켜낸다면 이 동산도 지킬 수 있을 거란다.

그리고 걱정하지 말거라.
한 번에 모든 것을 이해하는 인간은 없단다.
시간이 지나면 하나둘 이해가 가기 마련이지.
혹여 그렇지 않다 해도 시간이 지나고 나면 예전에
궁금했던 일들이 더 이상 궁금하지 않게 되기도 하지.
그토록 알고자 했던 것들이 때로는 그렇게 중요하지 않은
것이 되어 버리는 거야.

치치포 너도 언젠가 네가 궁금해 하는 것들을 이해하게
되는 날이 찾아오게 될 거야.

그리고 그것은 저기 악한 짐승들과 용황제로부터
이 꽃나무를 지켜낸 다음일 거야.

치치포야. 나와 한 가지 약속을 해주겠니?"

"무슨 약속인가요?
당신의 소리를 듣는 어느 누구라도 약속을 하지 않겠다고
거부 할 수는 없을 거예요.
당신의 바람은 너무나도 상쾌해서 거부 할 수가 없거든요."

"약속은 간단하다. 무슨 일이 있어도 이 꽃나무를 지켜 주렴."

"그거라면 잘 알겠어요.
하지만 저는 사자와 멧돼지, 여우와 원숭이로부터
이 꽃나무를 지킬 힘도 없고,
저를 도와줄 친구도 이제는 위스컴 밖에는 없는걸요."

"치치포야. 잘 보거라."

말이 끝남과 동시에

갑자기 바람이 세차게 불기 시작했습니다.

그러나 그 세찬 바람은 너무나 따뜻하면서

시원한 바람이었고

그 바람을 맞은 식물들은 모두 바람에 맞춰 춤을 추듯

살랑살랑 흔들거렸습니다.

"나는 언제나 이렇게 네 옆에 바람으로 있을 거야.

보이지 않는다고 해서 없다고 생각하지 말거라. 알겠지?

그럼 잠깐 네 옆에 위스컴을 불러 내 음성에 귀를 기울여

달라고 말해 주겠니?

내가 위스컴에게 따로 전할 말이 있단다."

"예. 알겠어요."

치치포는 꽃의 아름다움에 취해 정신을 차리지 못하고 있
는 메뚜기에게 다가가 얼굴을 가까이 대고 이야기 했습니다.

"위스컴. 위스컴! 빨리 얼굴에 부는 바람의 소리에
귀를 기울여 봐.
너와 대화하기를 원하셔."

"뭐라고? 바람의 소리!"

치치포의 이야기를 들은 위스컴은
더듬이를 쫑긋 세웠습니다.

마치 라디오 안테나가 주파수를 찾듯이 위스컴의 더듬이가
이리 저리 소리가 나는 방향을 찾아 움직였습니다.

치치포는 바람의 소리가 위스컴에게
무슨 이야기를 하는지 듣고 싶었지만
부드러운 바람만 느껴질 뿐 아무 것도 들을 수 없었습니다.

한참이 지난 후, 위스컴은 밝은 미소를 지으며 치치포를
바라보았습니다.

"치치포. 걱정 마! 우리는 이 꽃을 지킬 수 있을 거야.

아무렴. 있고말고.

그리고 너에게 내가 반드시 필요하다는 것도 잘 알게 됐어.

하지만 지금 당장 나는 우리 자랑스러운 메뚜기들과 꿀벌

친구들에게 내가 들은 것을 알리러 가야만 해.

그러니 너는 여기 남아서 꽃을 지키고 있도록 해.

내가 벌들을 먼저 만난 다음에 나의 고향으로 돌아가

메뚜기들에게 알리고 올 테니까.

그 때까지 조금만 기다려 줘."

"그렇구나. 바람의 소리님이

나를 도와주라고 너에게 말씀하신 거였구나."

"응 그것뿐만 아니라 예전 우리 아빠가 이곳저곳을 여행할

때도 그분은 언제나 함께 계셨다고 하셨어.

무엇보다 내가 아빠를 똑같이 닮았대. 그리고 나중엔 내가

아빠보다 더 위대한 모험가가 될 거라고 하셨어.

하하하하. 치치포! 시간이 없어.

내가 빨리 가서 우리 친구들을 모조리 불러 올 테니 넌 무서
워하지 말고 이곳에서 꽃나무를 지키고 있어."

"그래. 고마워.
나도 그 바람의 소리를 듣고 나서는 다시 힘이 생겼어.
꽃나무도 이렇게 다시 살아났잖아.
내가 반드시 지키고 말거야."

"그래. 짐승들이 이곳에 찾아오기 전에 도움을 요청해야 하
니 나는 어서 서둘러야겠어.
자 그럼 나는 먼저 간다.
치치포. 절대 겁먹지 말고 이 꽃을 잘 지켜야만 해.
분명 좋은 일이 생길 거야."

"그래. 알았어. 빨리 다녀와."

"그래. 그럼 나는 이만."

날개를 활짝 펼친 위스컴은 한 번에 자기 체구의 수십 배
에 달하는 거리를 훌쩍훌쩍 뛰며 달려갔습니다.

위스컴의 모습이 순식간에 저 멀리 사라졌습니다.

위스컴이 떠나고 치치포는 이제 또 다시 혼자 남아
꽃을 지키게 되었습니다.
하지만 지금 치치포의 마음속에는
아름답고 포근했던 바람의 소리가 남아 있었습니다.
그리고 꽃나무를 지켜야겠다는 굳은 결심이 마음속에서
새롭게 강하게 자리 잡고 있었습니다.

Chapter 9.
다시 나타난 짐승들

"킁킁.. 더러운 냄새가 다시 나기 시작하는데.."

야네즈가 코를 땅바닥 대고 킁킁대며 말했습니다.
코에는 흙이 잔뜩 묻었지만 야네즈는 자랑이라도 하듯
코를 이리저리 마구 휘두르며 돌아다녔습니다.

그리고는 긴 혀를 내밀어
코에 흙을 핥았습니다. 이를 보고 있던 여우 메이즈는
더럽다며 야단법석을 떨었습니다.

옆에서 먼 곳을 바라보며 무엇인가 깊이 생각을 하던
루마가 말했습니다.
"아무래도 꽃나무의 꽃이 다시 핀 것 같아.
꽃이 다시 땅에 심어진 것 같다고.
그 말은 꽃나무의 주인인 그 인간이 더 멀리
도망가지 못하고 이 주변에 있다는 의미야."

"그렇지. 그게 바로 내 생각이었어.

나 동물의 왕 사자도 그렇게 생각하고 있었다고. 그러니까

꽃이 이 근처 어딘가에 다시 펴서 냄새가 나는 게 분명해.

돼지 야네즈의 코가 커서 냄새를 맡은 거고

흙을 핥았으니까... 음."

사자 블레이크는 사실 그리 똑똑하지 않았지만 무엇이

됐든 멋져 보이는 것이 있으면 전부 자기가 한 것처럼

행동하곤 했습니다.

여우 메이즈가 블레이크의 말을 끊으며 말했습니다.

"그러니까 그 인간이 이 주변에 있다는 거잖아.

꽃나무도 함께 있다는 거고."

루마가 대답했습니다.

"그렇다고 볼 수 있지."

열심히 냄새를 맡고 있던 야네즈가 말했습니다.

"멍청한 인간 같으니. 꽃냄새를 우리에게 흘려주다니. 꽃이
피면 우리가 자신의 위치를 발견할 거라는 사실을 생각지
못했나 보군."

짐승들은 꽃냄새를 따라 이동해 점점 치치포가 숨어 있는
숲 안쪽과 가까워졌습니다.
그리고 꽃나무가 심어진 숲에 가까워질수록 냄새는 더욱
강해졌고, 동물들은 고약한 냄새에 때문에 기분이 더욱
상하기 시작했습니다.

야네즈가 먼저 짜증 섞인 목소리로 입을 열었습니다.
"이 더러운 냄새. 더 이상 못 참겠어! 나에게 기회를 줘!
나는 복수할 기회가 필요하다고! 이번만큼은 반드시
그 꽃나무를 씹어 먹고 말 테니까!"

메이즈가 말했습니다.

"너한테 맡겼다가 또 다시 좋은 기회를 날려 버리고 말텐데. 너를 어떻게 믿으라는 거니. 정말 어처구니가 없어. 블레이크도 나랑 같은 생각일걸."

그러자 사뭇 진지한 모습으로 야네즈가
블레이크에게 다가가 말했습니다.

"블레이크. 지금까지 내가 이 꽃나무를 추적하는데 가장
큰 공을 세운 것에 대해 알고 있지?
지난번 꽃을 먹어 버리자는 계획에 실패한 뒤로 내가 얼마
나 억울하고 화가 났는지 몰라. 이번엔 꼭 해치우고 말겠어.
꼭 그 인간 놈의 꽃나무를 없애버리겠다고.
그러니 내가 그 꽃을 씹어 먹을 수 있게 다시 한 번 기회를 줘!"

야네즈가 이전에는 볼 수 없었던 진지한 태도로 말을 하자
블레이크는 자신을 대장으로 인정해 주는 것 같은
생각이 들었습니다.
블레이크가 사뭇 거드름을 피우며 말했습니다.

"흠. 내가 간다면 굳이 용황제님의 무기가 없어도
그 더러운 꽃나무를 일격에 처치할 수 있겠지만 이번만큼은
야네즈에게 기회를 주도록 하겠다!
루마! 저기 나무 껍데기를 벗겨 와!
그리고 야네즈의 코에 용황제님의 발톱을 달아 줘!"

"블레이크 고마워!
이번에는 내가 꼭 성공하고 돌아오겠어. 인간이 꽃나무를
내놓지 않는다면 이 발톱으로 없애 버릴 거야!"

루마는 질긴 나무 껍데기를 얇게 벗겨내서 야네즈의 코에
용황제의 발톱을 묶어주었습니다.

발톱은 생각보다 크고 무거워서 야네즈는
고개를 제대로 들기도 힘들었습니다.
그럼에도 불구하고 야네즈는 비장한 표정으로
무거운 머리를 억지로 치켜들고는
숲속 안으로 위풍당당하게 걸어 들어갔습니다.

야네즈는 냄새를 따라 숲을 헤치며 나아갔습니다.
용황제의 발톱은 보기에도 무시무시하게 생겼습니다.
하지만 더 무시무시한 것은 발톱이 스치고 지나가는 자리
주변의 꽃과 풀들이 힘없이 시들어 그 자리에
쓰러져 버린다는 것이었습니다.

그 모습을 보자 야네즈도 코에 달린 발톱이
두렵게 느껴졌습니다.
하지만 동시에 그런 무시무시한 힘을 가진 발톱을 자신이
가지고 있다는 생각에 마음속으로 교만함이
찾아들기 시작했습니다.
야네즈가 혼자 중얼거렸습니다.

"이 발톱 하나면
그 누구도 내 앞에서 고개를 들 수 없을 테야.
모두들 나를 두려워하게 될 거야.
나는 세상에서 가장 강하고 무서운 멧돼지가 되는 거라고.
이제 누구든지 내 말을 듣지 않으면 이 발톱으로
다 없애 버릴 거야. 하하하."

한편 꽃나무를 지키고 있던 치치포도 그 소리를 들었습니다.
귀를 기울여 보니 누군가가 대화하는 소리 같았지만
목소리는 하나밖에 들리지 않았습니다.
그 소리는 매우 거칠고 두꺼웠습니다.

치치포는 이 목소리의 주인공이 자신을 해치려 하는
동물들 중 하나일 거라고 생각했습니다.
그 목소리 속에는 친구들에게서 느꼈던 자상함이나 따뜻함
을 전혀 찾아볼 수 없었기 때문입니다.

치치포는 다급하게 꽃나무가 보이지 않도록
나뭇잎으로 덮어 숨겼습니다.
그리고 야네즈가 드디어 나무숲을 헤치고 치치포의 앞에
모습을 드러냈습니다.

야네즈는 콧노래까지 부르며 슬금슬금
치치포에게로 다가왔습니다.

"어이 인간! 잘 있었냐?
그런데 도망간다고 간 것이 고작 여기까지야?"

야네즈는 치치포 주변을 빙빙 돌며 계속 비웃듯 말했습니다.
"감히 우리를 속이고 도망을 가?"

"나는 너희들이 며칠 동안 아무것도 먹지 못했다기에
사과를 따다 주고 햇볕이 드는 양지바른 곳에
편하게 눕혀 주었어!
그런데 왜 내게서 이 소중한 꽃나무를 빼앗으려 하는 거지?"

자신은 잘못한 것이 없는데 자꾸만
자신과 꽃나무를 해치려 하는 멧돼지가 미웠습니다.
그런 생각을 떠올리자 감정이 북받친 치치포의 눈에는
다시 눈물이 차올랐고,
언제 터져 나올지 모를 지경까지 갔습니다.
하지만 약해지면 안 된다는 생각에 눈에 힘을 주고 눈물이
쏟아지려는 것을 참았습니다.

야네즈는 여전히 느긋하고 거드름 피우는 듯 한
목소리로 말했습니다.
"네 생각은 그럴지 몰라도 우리는, 특히 사자 블레이크는
아직도 그 순간을 가장 부끄럽게 생각하고 있지.
사자가 사과를 먹었다는 것이 얼마나 부끄러운 일인 줄
알기나 하는 거냐?
그것도 너처럼 쪼그만 꼬맹이한테 억지로 당했다면 말이야."

"그래도 나는 내가 너희들에게 도움을 줬다고 생각했어.
너희들은 위스컴 말대로 정말 나쁜 짐승들이구나."

"조용히 하지 못해!
우리를 풀밭 위에 던져 놓고 돌보지도 않았던 게 누군데!"

"돌보지 않다니... 나는 그냥 너희들이
추운 그늘에 누워 있는 것이 안타까워서..."

치치포는 사실 잘못한 것이 없었습니다.

하지만 야네즈가 계속해서 치치포가 마치 잘못한 것처럼
말하자 치치포는 정말로 자기가 짐승들에게 나쁜 짓을
했던 건 아닌지 의심이 들기 시작했습니다.

야네즈가 화난 목소리로 소리를 질렀습니다.

"다 쓸데없는 이야기야! 이제 끝이야. 끝이라고!! 그 따위
핑계는 더 이상 듣고 싶지 않아! 네 꽃나무 어디 있어?"

"꽃나무는 절대 줄 수 없어!
꽃나무는 내 생명과 같다고.
다른 걸 다 주더라도 꽃나무만은 안 돼!"

"다른 건 다 줄 수 있다고?
가진 것도, 능력도 하나 없는 주제에
다른 건 다 줄 수 있다고?
당장 꽃나무나 내 놔! 내 코에 달린 이게 뭔 줄 알아?"

"알고 싶지도 않고. 꽃나무도 절대 내어 줄 수 없어!"

치치포는 두려웠지만 여전히 바람의 소리가 자신의 주변에
머물고 있다 생각에 용기를 낼 수 있었습니다.
그러자 야네즈가 무거운 머리를
더욱 높이 들어 올리며 말했습니다.

"이건 바로 용황제님의 발톱이라고!
이 발톱은 스치기만 해도 그 자리에서 생명을 잃게 된다고!
어때? 한번 찔려 보고 싶냐 불쌍한 인간.
내가 목숨만은 살려 주려고 했는데.
꽃나무를 내놓지 않겠다면 너부터 먼저 없애 주겠어!"

"절대 주지 않아!"

"이래도 주지 않을 거야?"

야네즈는 옆에 있는 나무를 향해 코에 달린 용의 발톱을
힘차게 찔렀습니다.
발톱에 찔린 나무는 서서히 시들더니 어느 새 힘없이
말라 비틀어져 옆으로 쓰러졌습니다.

야네즈는 치치포 주위를 반 바퀴 돌아
또 다시 다른 나무를 찔렀습니다.
그렇게 나무를 하나 하나 쓰러뜨리며
치치포의 주변을 한 바퀴 돌았습니다.

그 때마다 멀쩡했던 나무들이 말라
비틀어진 채로 쓰러졌습니다.
그 광경을 본 치치포의 마음속에 두려움이
가득 들어찼습니다.

치치포는 입을 꽉 다물고 눈을 감고 귀를 쫑긋 세워
바람의 소리를 들으려고 애를 썼습니다.

하지만 멧돼지가 갑자기 자신을 찌르지는 않을까 두려워
눈을 완전히 감을 수 없었습니다.
치치포는 실눈을 뜬 채로 계속해서 멧돼지를
지켜보고 있었던 것이었습니다.

그러기를 얼마나 있었을까.
다행히 치치포의 귓가로 바람의 소리가
희미하게 들려왔습니다.
"치치포야. 잘하고 있구나. 그런데 눈을 완전히 감으렴.
멧돼지는 너를 해치지 못한단다. 꿀벌들이 너를 돕기 위해
거의 다 왔으니 힘을 내려무나. 두려워하지 말거라."

바람의 소리는 치치포에게만 들렸습니다.
야네즈는 눈을 감고 서 있는 치치포를 노려보며 말했습니다.

"불쌍한 인간 같으니. 눈을 감고 죽음을 맞이하고
싶은가 보군. 이젠 더 이상 기다려 주지 않겠어.
꽃나무 전에 너부터 없애주지!"

치치포가 눈을 번쩍 뜨며 소리 쳤습니다.

"누가 불쌍하다는 거야!
그깟 발톱에나 의지해서 죄 없는 나무들을 괴롭히는 네가
내 눈에는 더 불쌍해!
저기 소리 들리지?
내 친구들이 몰려오고 있다고.
너나 어서 도망치는 것이 좋을 거야!"

"오긴 뭐가 와? 그리고 나보고 불쌍하다고? 내 인내심을 끝
까지 시험하는 구나!
이젠 정말 끝이다!"

야네즈는 꽃나무를 끝까지 내어 주지 않는
치치포에게 단단히 화가 났습니다.
야네즈는 몸의 모든 털을 삐쭉 세우고 머리를 하늘 높이 들
어 올렸다 내렸다를 반복했습니다. 그리고 온몸에 힘을 모
아 뒷발로 땅을 박차고 치치포를 향해 달려들었습니다.
"야! 이 작은 인간아. 어디 맛 좀 봐라!"

Chapter 10.

짐승들의 오해

그때 어디선가 강한 바람과 함께 윙윙거리는 시끄러운
소리가 들려왔습니다.
그리고 얼마 안 되어 엄청난 무리의 벌떼가 나타나더니
우박과 같이 야네즈에게로 쏟아지기 시작했습니다.

수를 셀 수 없는 벌떼 때문에 야네즈는 눈을 제대로
뜰 수 없을 정도였습니다.
벌떼들은 야네즈를 둘러싼 채로
벌침을 마구 쏘아댔습니다.
야네즈는 너무 따갑고 아픈 나머지 이리저리로 발톱을
휘두르며 보이는 것마다 들이받았습니다.

치치포는 꽃나무를 등에 지고 무릎사이에 얼굴을 묻고는
쭈그리고 앉았습니다.

"아야! 따가워! 이게 뭐야! 앗! 아야!
누가 내 엉덩이에 침을 논거야?"

야네즈는 몸 곳곳이 벌에 쏘이며 이리저리 날뛰었습니다.

야네즈가 벌들을 떼어 놓으려 격렬하게 몸을 흔든 탓에
결국 코에 묶어 두었던 용황제의 발톱도
땅에 떨어지고 말았습니다.

하지만 벌떼들의 공격은 멈춤이 없었고
그러다가 결국 날뛰던 야네즈와 쭈그리고 앉아 있는
치치포가 강하게 부딪치고 말았습니다.
치치포는 옆으로 쿵 하고 넘어졌고
야네즈는 잠시 휘청하더니 이내 정신없이
숲 바깥을 향해 도망치기 시작했습니다.

넘어진 채로 도망가는 야네즈의 뒷모습을 본 치치포는
야네즈의 뒷모습이 희미하게 사라지는 것을 확인하고는
온몸에 힘이 빠져 그 자리에 누워 버렸습니다.
야네즈와 부딪친 왼쪽 엉덩이가 무척 아팠지만
다행히 용황제의 발톱에 맞은 것은 아니어서
크게 다치지는 않았습니다.

"으악!! 따가워! 도와줘!"

한편 야네즈는 다른 짐승들이 기다리고 있는 숲의 입구를
향해 정신없이 소리치며 달려 나갔습니다.

"어. 이건 야네즈 목소린데."

"어째 성공한 목소리 같지는 않은데."

"또 실패했군.
내가 그런 멍청한 돼지를 믿는 것이 아니었는데."

"저기 뛰어나오는데! 근데 야네즈 같지는 않아."

"그러게 야네즈는 아닌 것 같은데.
야네즈 보다 더욱 덩치가 커 보여."

"맞아. 피부도 저렇게 울퉁불퉁하지 않지."

"야네즈도 못생기긴 했지만 저 정도는 아니었어.
어! 그런데 우리 쪽으로 달려오는데!"

"우리를 해치려는 것일지 모르니
블레이크 네가 어떻게 좀 해봐!"

야네즈는 숲을 벗어난 뒤로도 여전히 겁에 질린 듯
이리저리 뛰어다녔습니다.

블레이크는 생전 처음 보는 못생긴 동물이
멧돼지 야네즈일 거라고는 전혀 생각하지 못했습니다.
블레이크는 조심히 야네즈가 뛰어다니는
숲의 입구 쪽으로 걸어갔습니다.
혹시라도 그 동물이 자신을 공격하지는 않을까 하는
마음에 메이즈와 루마는 블레이크의 사자 갈기 뒤에 몸을
숨긴 채로 뒤따라갔습니다.

드디어 블레이크 앞까지 온 야네즈는 힘이 다 빠져
비틀거렸고 다리는 심하게 떨리고 있었습니다.

그리고는 그 자리에 철퍼덕 하고 쓰러져 버렸습니다.

온몸은 쉬지 않고 벌에 쏘인 탓에 탱탱 부어있었습니다.

세 짐승은 눈앞에 쓰러진 정체불명의 짐승을 살펴보았습니다.

"뭐야! 이건 야네즈잖아!"

"어쩌다 이렇게 된 거야?"

"안 그래도 못생긴 얼굴이 이젠 멍게, 해삼보다 더 못생겨졌
잖아!"

"말 좀 해봐! 이 돼지야."

다른 짐승들은 벌에 쏘여 고통스러워하는 야네즈를 도와
줄 생각은 하지 않고 계속해서 자신들이 궁금한 것들만
빨리 대답하라고 닦달 했습니다.

루마가 자신의 얼굴보다 큰 안경을 엄지와
검지 손가락으로 잡고 위 아래로 까딱거리며 말했습니다.

"그 인간이 마법을 부린 것이 틀림없어.
겉보기에는 별로 힘이 세 보이지 않았지만 분명히
다른 능력이 있는 거라고.
그렇지 않다면 무식하게 달려드는 야네즈를
저렇게 만들 수 없었을 거야.
분명 마법이나 요술을 쓴 게 틀림없어!"

메이즈가 말했습니다.

"맞아! 처음 우리가 그 인간을 발견 했을 때 꽃나무를 돌며
이상한 노래를 부르고 있었어!
분명히 힘의 비밀이 거기에 있을 거라고!"

블레이크는 상당히 화난 얼굴로 야네즈에게 소리쳤습니다.
"야네즈! 누워만 있지 말고 어서 말을 좀 해봐!
어떻게 이런 일이 일어났는지 말이야!"

야네즈가 벌벌 떨며 말했습니다.

"으~ 버~르~버~르."

듣고 있던 루마가 말했습니다.

"안되겠어. 블레이크. 우리도 무턱대고 덤비다가는
야네즈처럼 마법에 걸려 당하고 말거라고!
다른 방법을 찾는 게 좋겠어."

치치포는 약한 어린아이에 불과 했지만 짐승들은 치치포가
신비한 마법의 힘을 가지고 있다고 착각하기 시작했습니다.

메이즈는 상황이 나아지지 않자
용황제를 떠올리며 말했습니다.

"이러다 우리 용황제님에게 잡아먹히고 마는 게 아닐까."

그러자 블레이크는 전에 볼 수 없었던
진지한 표정으로 말했습니다.
"더욱더 그 인간이 싫어지는군. 처음엔 냄새나는 꽃나무만
싫었지만 이제는 그 주인도 싫어졌어. 가만두지 않을 거야."

메이즈도 날카롭게 눈을 뜨며 말했습니다.

"나도 가만두지 않을 거야.
이제는 그 인간도 없애 버릴 계획을 세워야겠어."

블레이크가 누워 있는 야네즈에게 등을
돌리며 말했습니다.

"메이즈! 루마!
야네즈를 저기 나무 그늘 밑으로 우선 옮겨놔!"

메이즈가 깜짝 놀라 물었습니다.

"우리 둘이? 이 덩치를 우리가 어떻게 옮겨!

게다가 지금은 온몸에 마법이 걸려 해삼, 멍게보다
더 징그러운데. 으으...
만졌다가 우리도 마법에 걸리게 되면 어쩌라고?"

블레이크는 다시 뒤돌아 큰 입을 벌리며
소리를 질렀습니다.

"어흥!! 빨리 하지 못해!"

루마와 메이즈는 깜짝 놀라 야네즈를 끌고
옮기기 시작했습니다.
루마가 야네즈의 턱과 머리를 양손으로 잡고
있는 힘껏 당겼습니다.
하지만 야네즈는 꿈적도 하지 않았습니다.

그때 메이즈는 어디론가 사라지더니 널따란
나뭇잎 하나를 들고 돌아왔습니다.
그리고 그 잎을 야네즈 엉덩이에 올려놓고는 앞발을
잎 위에 올린 채로 밀기 시작했습니다.
아마도 야네즈 엉덩이에 발을 대기 싫었나 봅니다.

둘이 함께 힘을 쓰자 야네즈의 큰 덩치도
서서히 움직이기 시작했습니다.
하지만 루마와 메이즈 둘이서 야네즈를 옮기는 것은 보통
힘든 일이 아니었습니다.

반면 그들 중 힘이 가장 센 블레이크는 이런 것에
아랑곳하지 않고 나무 그늘로 가서 앉더니 고민하는 척을
하기 시작했습니다.

하지만 자리에 앉은 지 채 일 분도 되지 않아 살랑 바람과
시원한 나무그늘의 유혹에 넘어가
그만 낮잠에 빠져 버렸습니다.

메이즈와 루마는 아무 도움도 주지 않고 낮잠에 빠진 블레이크가 얄미웠지만 이번에도 말을 안 들으면 잡아먹겠다고 위협할 것이 뻔했기 때문에 어쩔 수 없이 둘이서만 야네즈를 나무 그늘 밑까지 힘겹게 옮길 수밖에 없었습니다.

야네즈를 겨우 옮겨놓은 메이즈와 루마는
완전히 지쳐 버렸습니다.
둘 역시 쉬려는 마음에 블레이크가 누워 있는
나무 그늘 옆으로 가 누웠습니다.
안 그래도 피곤함에 지쳐 있던 둘은 역시나 시원한 바람의
유혹을 떨쳐 버리지 못하고 마찬가지로 잠이 들었습니다.

짐승들은 언제 그랬냐는 듯이 너무나도 평안한 표정으로
나무 그늘에 나란히 누워 낮잠에 빠졌습니다.

하지만 그렇게 시간이 흐를수록 용황제의 분노는
점점 더 커져만 가고 있었습니다.

Chapter 11.
다시 만난 친구들

"치치포! 치치포! 내말 들려?"

웅크리고 있던 치치포의 귀에 익숙한 목소리가 들려 왔습니다.
치치포는 살며시 고개를 들어 보았습니다.
자세히 보니 이잉이 치치포 주위를 맴돌며
날고 있었습니다. 치치포가 대답했습니다.

"응. 잘 들려. 그런데 내 꽃나무는? 무사하지?"

걱정이 된 이잉이 말했습니다.

"지금 꽃나무가 문제가 아니잖아. 정신 좀 차리고 일어나봐!"

우잉이 나뭇잎에 감춰진 꽃나무 주위를 돌며 말했습니다.

"나뭇잎이 덮고 있는 것을 보니 괜찮은 것 같아! 걱정 마!"

그 얘기를 들은 치치포는 웅크렸던 몸을 반대로 펴고는
등을 바닥에 대고 벌러덩 드러누웠습니다.

"다행이다. 나는 괜찮아. 그냥 다리가 조금 아픈 것뿐이야.
난 그냥. 일어나고 싶지 않아서 그래. 일어나지 않고 그냥
이렇게 계속 누워 있고 싶다고. 일어나면 또 싸워야 하니까.
그냥 이렇게 눈을 감고 누워 있고 싶을 뿐이야."
그러자 많은 벌들의 무리 속에서 가장 크고 아름다운
날개를 가진 큰 벌 하나가 우아하게 걸어 나오며 말했습니다.
"우잉, 이잉. 그냥 치치포씨를 쉬게 해드려라."

"예. 알겠습니다."

엄청나게 많은 꿀벌들 사이에서 나타난 그 벌은
보통 꿀벌보다 다섯 배는 더 커 보였습니다.

큰 벌의 알록달록한 아름다운 날개는 어찌나 큰지 날갯짓
에 주변의 나뭇잎들이 이리저리 나풀거릴 정도였습니다.

커다란 몸집과 날개에 비해 목소리는 잔잔한 호수처럼 차분했는데 듣는 사람으로 하여금
마음을 편안하게 만들어주는 힘이 있었습니다.
"저 분이 '치치포'라는 인간이구나."

"예. 여왕님. 저희에게 최고의 꿀을 대접했던
그 마음씨 착한 인간입니다."

"가엾기도 하지. 저렇게 순수하고 착해 보이는 인간이 어쩌다 이런 전쟁의 주인공이 되었는지 모르겠구나."

"그러게요. 저희가 조금만 늦었어도 큰일 날 뻔했어요."

"우잉과 이잉이 정말로 좋은 일을 했구나.
사고뭉치에 허락도 없이 이리저리 돌아다니더니 이제는
이렇게 좋은 일도 하는 멋진 꿀벌이 되었구나.
너희들이 자랑스럽다."

"아닙니다. 여왕님. 헤헤헤."

"하하하."

"저기 치치포씨 옆에 나뭇잎으로 숨겨 놓은 작은 꽃나무가

그 꽃나무니?

어디 한번 나도 보고 싶구나.

이미 향기가 내 코를 가득 채웠단다.

참을 수 없는 이 향기...

여왕인 나조차도 어찌할 바를 모르겠구나!"

그러자 스무 마리 가량 되는 병정벌들이 힘을 모아

꽃나무를 덮고 있던 나뭇잎을 옮기기 시작했습니다.

잎이 하나하나 치워지고 치치포의

꽃나무가 모습을 드러냈습니다.

병정벌들은 평소에 냉정하고 무표정하기로

소문이 나 있었습니다.

하지만 지금은 생전 처음 보는 꽃나무의 아름다움에

온몸에 힘이 빠져 날갯짓이 힘들 정도였습니다.

조금 떨어져서 꽃나무를 본

여왕벌의 눈에도 감격의 눈물이 고였습니다.

"이 꽃이구나.

이렇게 아름다운 꽃이 우리 동산에 있었단 말이냐?

도저히 말로 표현할 수 없는 아름다움이 이 여왕의 눈물을

불러내는구나.

이제야 왜 치치포씨가

이렇게 힘든 싸움에 빠지고 말았는지 알 것 같구나.

오늘은 이 여왕벌생애 최고의 날이야."

아름다운 꽃나무와 그 향기에 벌들이 한 마리 두 마리씩 꽃
나무 주변에 모여 그 꽃을 넋 놓고 바라보았습니다.

모든 벌들이 치치포의 꽃나무에 취하여 날갯짓마저 잊고
있을 때 여왕벌이 우아하지만 힘 있는 목소리로 말했습니다.

"꿀벌들이여~

우리가 왜 힘겹게 가꾸어온 벌집과 애써 모아둔 꿀을

버리고 이곳까지 날아왔는지,

왜 목숨을 걸고 싸워야 하는지에 대한 이유가

바로 여기에 있습니다!

용감하고 위대한 벌들이여!

여기 치치포씨가 이 꽃나무의 주인입니다.

그는 우리의 형제들에게 최고의 꿀을 대접했던

착한 인간입니다.

그리고 무엇보다 우리는 우리의 친구인 메뚜기를 통해

바람의 소리가 전한 이야기를 들었습니다.

바람의 소리는 우리가 치치포씨를 도와주길

간절히 바란다고 했습니다.

더 이상 우리는 망설일 이유가 없습니다.

이 인간을 돕고 이 꽃나무를 지켜내는 것이 이제 우리의 사

명이 되었습니다.

이제 우리 동산의 질서는 이 아름다운 꽃나무로부터 시작

될 것입니다.

꽃나무가 이곳에 자리를 잡고 꽃을 피운 순간부터 우리 모

두는 이 꽃나무를 위해 존재하게 되는 것입니다.

여러분 앞으로 우리는 이 꽃나무와 함께 할 것입니다.

우리의 세상을 새롭게 시작합시다!"

"와~와~~"

윙윙윙윙윙윙윙윙윙~~

모든 벌들이 힘차게 날갯짓을 하며 소리를 질렀습니다.
그 웅장한 소리에 누워있던 치치포도 몸을 일으켰습니다.

비록 자신을 해치려는 동물들의 이야기를 듣고 마음이 상
한 치치포였지만 한편으로는 자신을 도와주기 위해 달려온
수많은 벌들을 보게 되자 다시 입가에 미소가 지어졌습니다.

벌떼 무리에 있던 우잉과 이잉은 다시 일어선
치치포를 보게 되었고, 치치포와 눈이 마주치자 꿀벌들
사이에서 빠져나와 치치포에게로 날아갔습니다.
그리고 아무 말 없이
그저 얼굴 가득 커다란 미소를 지어 보였습니다.
우잉과 이잉을 본 치치포가 다시 힘을 내어 입을 열었습니다.

"여러분이 저를 도와주셨군요. 모두들 감사합니다.
제가 드린 것이라고는 꽃나무의 꿀 조금 뿐이었는데.
정말 감사합니다."

치치포의 말을 들은 여왕벌이 말했습니다.

"아닙니다. 치치포씨.
우리는 우리가 해야 할 일을 했을 뿐이지요.
치치포씨의 착한 마음씨와 꽃나무의 아름다움이
저희로 하여금 그렇게 하도록 만든 거랍니다."

"아 당신이 여왕벌이시군요.
우잉과 이잉이가 일전에 말한 적이 있어요.
생각보다 훨씬 크고 아름다우세요."

여왕벌은 아름답다는 말에 기분이 좋았습니다.

"아니랍니다. 치치포씨의 꽃나무에 비한다면
아무것도 아니지요."

"그런데 어떡하지요. 저를 구해 주셨고 제 꽃나무도 지켜
주셨는데 저는 드릴 것이 하나도 없어요.
제가 가진 건 오직 이 꽃나무뿐 인걸요.
꽃나무의 꿀이라도 대접하고 싶어요."

"꽃나무의 꿀을 맛보게 해준다면 그것만으로도
우리에게는 크나큰 영광이 될 거랍니다.
꿀벌에게 그보다 더 큰 선물이 어디 있을까요?"

"꽃나무가 하나뿐이라 이렇게 많은 꿀벌 친구들이 다 맛을
볼 수 있을지는 모르겠지만 최대한 드릴 수 있는 만큼
드릴 테니 기쁘게 받아 주세요."

그러자 여왕벌이 기다렸다는 듯이 말했습니다.

"고맙습니다. 자 그럼. 모두들 꿀을 딸 준비를 해라!"

꿀을 받아가라는 말에 여왕벌은 지금까지 보여주었던 품
위 있는 모습과는 달리 조금 흥분한 듯 보였습니다.
여왕벌의 입가에는 이미 군침이 흐르고 있었습니다.

아마도 아름다운 꽃나무에서 나올 꿀이
얼마나 달콤할지 상상하는 듯 했습니다.
그 모습을 본 치치포는 저도 모르게 우스워서 말했습니다.

"여왕벌님!"

"왜 그러나요?"

"그렇게 좋으세요?"

"흠..흠.."

여왕벌은 당황스러워 억지 미소만 지어보였습니다.

지금까지 한 번도 웃지 않고 옆에서 무서운 표정으로 지켜
보고 있던 병정벌의 장군벌인 홀랜드잉도 참지 못하고
'키득' 하고 웃어버렸습니다.
그러자 모든 벌들과 여왕벌과
치치포가 다 같이 크게 웃었습니다.

"자자. 서둘러 대형을 갖추어라."
하지만 여왕벌의 말 한마디에 모든 벌들이 꽃나무 주변을
둥그렇게 포위하며 줄을 서기 시작했습니다. 그리고 여왕벌
의 지시에 따라 한 마리씩 하늘로 날아올라 그들만의
꿀 따기 의식을 시작했습니다.

수천, 수만의 꿀벌들이 줄을 지어 날아올라 둥글게 꽃나무
를 주변을 돌며 춤을 추는 모습은 실로 장관이었습니다.
치치포는 그 모습을 넋을 놓고 바라보았습니다.

꽃나무 주변을 빙글빙글 돌던 꿀벌들은 순서대로 한 마리
씩 꽃나무 안으로 들어가 꿀을 맛보았습니다. 벌들이 쉬지

않고 꿀을 먹었지만, 신기하게도 꽃나무의 꿀은 계속해서
흘러 나왔고 그 꿀 향기에 꿀을 아직 맛보지 않은
벌들마저도 배부름을 느꼈습니다.

벌들은 욕심을 내지 않고 자신이 먹을 만큼의
꿀만을 먹었습니다.
맛있는 꿀과, 향기로운 꽃향기가 가득한 그 숲속 공간은
어느 새 넘치는 기쁨으로 가득 찼습니다.

그러자 용황제의 발톱에 스쳐 말라 죽었던
나무들과 풀들도 다시 생기를 얻고 일어서기 시작했고,
노랗게 변해 버린 잎들도 더욱 푸른 빛깔로 돌아왔습니다.

꿀벌들은 꿀을 먹을 때 아무도 떠들지 않고 맛을 보았고,
넘쳐흐르는 풍족한 꿀과
그 향기에 취해서 감동의 눈물을 흘렸습니다.

모든 벌들이 다 먹고 나자 맨 마지막이 되어서야 여왕벌이
꿀을 먹으러 들어갔습니다.

그 모습을 본 치치포는 다시 행복한 기분이 들었습니다.
꿀벌들이 자신의 꽃나무를 대하는 모습에 흐뭇하면서도
고마운 마음마저 들었습니다.

이내 행복한 미소가 치치포의 입가에 걸렸고 일전에
있었던 야네즈와의 싸움도 자연스럽게 잊게 되었습니다.
그리고 무엇보다도 자신에게 이렇게 많은 친구들이 생긴
것 같아 더 이상 외로운 마음이 들지 않았습니다.

이렇듯 마음 속 어둠은 맞서 싸워야 할 대상이 아니라,
마치 침대 시트처럼
새로운 사랑과 행복으로 갈아줘야 하는 것일지도 모르겠어요.
여왕벌이 마지막으로 꿀을 먹고 나서 벌들에게 말했습니다.
"꿀벌들이여. 우리는 이제껏 누구도 맛 볼 수 없었던 최고
의 꿀을 맛보았습니다.
그 꿀은 우리에게 많은 것들을 확실하게 알려 주었습니다.
왜 바람의 소리가 우리를 이리로 인도했는지.
왜 우리가 우리의 집을 떠나야만 했는지.
왜 우리가 싸워야 하는지.

이 꽃나무가 평범한 꽃나무가 아니라는 것을 우리가 맛본 꿀과 이 향기가 증명해주었습니다. 꿀을 맛 본 우리 모두는 이 꽃나무가 얼마나 소중한 지를 느꼈을 거라 생각합니다.

이 꿀맛을 기억해야 합니다.

그래서 이제부터 그 못된 짐승들과 싸웁시다.

이 꽃나무를 파괴하고, 우리의 꿀을 빼앗으려 하는 사악한 용황제와 그 하수인인 짐승들과 싸웁시다!

그리고 꽃나무를 끝까지 지켜 냅시다!"

"우와~~~"

앵앵앵앵앵앵앵앵앵앵앵.

모든 벌들이 힘차게 소리쳤습니다.

한편 블레이크, 루마, 메이즈, 야네즈는 밤이 늦도록 잠에서 깨어나지 않았고 다음날 아침이 되어서야 일어났습니다.

그때 또 다시 까마귀 로이드가 날아와 소리쳤습니다.

"까악 까악 ~! 이 게으른 놈들! 어서 일어나지 못해?! 또 자
고 있구나! 야네즈는 왜 이렇게 된 거야?
망가진 꼴을 보아하니. 에잇! 또 실패야 실패!
그나저나 안 일어날 거야?! 어서 일어나지 못해!! 까악!!!!
용황제께서."

"뭐라고?"
마치 죽은 듯 자고 있던 짐승들은
용황제라는 말이 나오기 무섭게 어느 누구 할 것 없이
동시에 자리에서 벌떡 일어났습니다.
"용황제님.. 잘못했습니다. 잘못했어요.
제발 한번만 살려주세요."

짐승들은 서로 앞 다투어 잘못했다고 말하기 시작했습니다.
로이드가 말했습니다.

"너희가 지금 이렇게 편하게 잠을 잘 때가 아닐 텐데. 까악!
너희들은 항상 잠만 자는구나!"

그러자 여우 메이즈가 말했습니다.
"어제 야네즈가 인간의 마법에 아주 된통 당했다고."

블레이크도 말했습니다.
"맡기지 말았어야 했는데."

짐승들은 마치 모든 것이 야네즈 혼자만의 잘못이라며
계속해서 야네즈를 나무랐습니다.

"까악. 지금 이럴 때가 아니라고!
너희들 이 지독한 냄새가 더 강해지고 있는 것을
못 느끼는 거야?
용황제께서도 분명히 이 냄새를 맡았을 거라고!
아마 지금쯤 크게 분노하고 계실게 분명하다고!
그렇다면 너희들이 잡아먹히는 것도 시간문제야!
서둘러서 무슨 방법을 쓰지 않으면 너희들도
이제 영영 안녕이라고!"

그 얘기를 들은 짐승들은 저마다
두려운 목소리로 말했습니다.
"알았어. 알았다고. 더 이상 이야기하지 마.
이야기만 들어도 너무 소름 끼치는 걸."

"못된 인간 같으니. 더러운 꽃나무로 우리를 화나게
만들더니 이제는 우리를 위험에 빠뜨리고 있잖아.
절대로 가만 두지 않을 거야."

"하지만 인간은 무서운 힘을 가지고 있어.
우리가 힘으로 이길 수 있는 상대가 아닌 것 같아.
너희들 중에 저 야네즈처럼 되고 싶은 동물이 있으면 그냥
그 인간에게 달려가 보라고. 분명히 그 인간은 무서운 마법
을 써서 또 다시 너희를 곤경에 빠뜨릴 거야."

로이드를 제외한 다른 짐승들은 여전히 치치포가 무시무시
한 마법을 써서 야네즈를 물리쳤다고 생각하고 있었습니
다. 그러자 로이드가 한심하다는 듯이 말했습니다.

"마법이든 뭐든 상관없어.

어쨌든 내가 상관 할 바 아니니까.

난 너희들이 당장이라도 달려가서 그 꽃나무를 없애는 것

이 좋을 거라고 말하는 거야."

루마가 말했습니다.

"그렇다면 이 아름다운 용황제님의 비늘을 입고

가보는 것이 어때?

메이즈에게 딱 맞는 크기니까 메이즈 네가 이것을 입고

치치포에게 다가가는 거야.

분명히 그 인간은 용황제님의 비늘에 매혹되고 말거야.

그리고 그 때 네가 꽃나무와 이 용황제님의 비늘을

바꾸자고 하는 거야.

꽃나무가 아무리 아름답다지만

이 용황제님의 비늘만 있으면 누구든지 아름답고 근사한

자태를 다른 동물들 앞에서 맘껏 뽐낼 수 있잖아.

이 비늘만 있으면 자기 자신이 꽃나무보다
더 아름다워질 수 있는데 그 누가 이 용황제님의
비늘을 갖고 싶어 하지 않겠어?!"

루마의 말이 끝나기 무섭게 블레이크가 말했습니다.

"내 생각이 루마의 생각과 똑같다 이거지! 가끔 루마는
나의 생각을 읽는 아주 특별한 능력이 있는 것 같단 말이야."

루마의 이야기를 들은 블레이크는 뭔가 그럴 듯해 보이자
마치 원래 자기가 생각해 낸 것을
루마가 훔쳐갔다는 식으로 말했습니다.

"나 그런 능력 전혀 없는데! 키키키키키."

"뭐라고! 내 생각을 뺏어가 놓고 아닌 척 하다니.
혼나고 싶구나!"

로이드가 끼어들며 말했습니다.

"지금 너희들이 이렇게 내 의견,
네 의견 하면서 다툴 시간이 있을까?"

메이즈가 말했습니다.

"그래 시간이 없어. 나도 루마의 생각이 괜찮은 것 같아.
그러니까 루마는 나의 잘 빠진 몸매 정도는 되어야 이 유리
구슬처럼 빛나고 화려한 용황제님의
비늘을 입을 수 있을 거라고 생각한 것 아니겠어?
루마 네가 정말 오랜만에 옳은 말을 하는구나."
루마가 용황제의 비늘을 질질 끌고 와서는 메이즈의 등에
올려놓으며 말했습니다.
"쳇! 시간이 없다며. 입혀 줄 테니 움직이지 말라고!"

루마는 용황제의 화사하고 아름다운 비늘을 메이즈의
몸 위에 단단히 고정시켰습니다.

반짝 반짝 빛나는 용황제의 비늘을 걸친 메이즈는 너무나
화려하고 아름다웠습니다.

비록 메이즈의 마음속은 꽃나무를 없애고 치치포를 해치기
위한 나쁜 생각들로 가득 차 있었지만 말입니다.

한편, 꿀벌들은 꿀 향기에 취해 있으면서도 자신들이 해야
할 일을 하나둘씩 하기 시작했습니다.

혹시나 모를 짐승들의 공격에 대비해 이곳저곳에 나누어
자리 잡고 경계에 들어갔습니다.

그리고 누가 나타나는지 지켜보고 있다가 적이 나타나면
모두 나와 벌침을 쏘아줄 생각이었습니다.

한편 치치포는 꽃나무에 등을 기대고 앉았습니다.
그리고 예전에 꽃나무를 위해 불렀던 노래들을
다시 부르기 시작했습니다.

"하늘색 꽃을 바라보면 나를 보아요.
처음엔 나는 아무것도 볼 수 없었지만

내 눈에 흐른 따뜻한 눈물이 떨어져
이렇게 예쁜 하늘색 친구를 만들었지요.
모두 와서 꽃향기를 맡아보아요. 이렇게 보고 저렇게 봐도
아름다운 나의 사랑 나의 친구 하늘색 꽃나무!"

치치포의 노랫소리에 벌들도 풀들도 그리고 꽃나무도 모두
가 기뻐하기 시작했습니다.

하지만 천천히 다가오고 있던 여우 메이즈에게는 호숫가의
음치인 개구리합창단의 노랫소리만큼이나 듣기 싫은
소음으로 들렸습니다.

하지만 치치포를 속이기 위해 찾아온 메이즈의 입가에는 천
연덕스러운 미소가 걸려 있었고, 화려하게 반짝이는
용황제의 비늘을 걸친 메이즈의 걸음걸이는 누구보다
당당하고 아름다웠습니다.

한 발짝 한 발짝 살금살금 걸어온 메이즈는 끝내 벌들이 보
초를 서고 있는 영역 안까지 들어갔습니다.

Chapter 12.

여우의 속임수와
헤쿠바의 조언

용황제의 비늘을 걸친 채로 걸어오는 메이즈의 모습은
어느 새 병정벌들의 눈에도 들어왔습니다.

"저기 봐 저기! 뭔가 반짝 거리는 것이 움직이고 있어!"

"어! 이리로 다가오는데! 반짝거리는 게 마치 별빛 같아!"

"혹시 적이 아닐까? 치치포의 꽃나무를 해치러 온
녀석들일지도 몰라!"

"적이라면 사자, 원숭이, 멧돼지, 여우 중 한 마리라는 건데
저렇게 아름다운 빛깔을 가진 동물은 본 적이 없어.
그 못된 짐승들이 저렇게 아름다운 빛깔을
낼 수 있을 리가 없잖아?"

"그렇지? 나도 내가 착각한 거 같아.
저렇게 아름다운 빛깔을 그런 짐승들이 낼 리가 없지.
그래도 여왕벌님께 보고는 해야겠다."

메이즈는 콧노래를 부르며 최대한 우아하고 품위 있는
모습으로 엉덩이를 좌우로 씰룩이며 걸어왔습니다.

벌들이 보초를 서고 있는 곳까지 여유롭게 다가온 메이즈는
평소에도 속이고 거짓말하는 데에는 일가견이 있었습니다.

그런데 지금은 거기에 더해 용황제의 비늘까지
덮고 있었기에 보초를 서고 있던 벌들은
아름답고 반짝이는 옷 속에 교활한 여우가
자리 잡고 있을 거라고는 도저히 생각할 수 없었습니다.

그런 생각을 하기에는 반짝이는
용황제의 비늘이 너무나도 아름다웠습니다.
그래서 엉덩이의 벌침을 예리하게 들고 보초를 서고 있던
벌들조차도 꽃나무가 자리 잡은 바로 앞까지 다가온
메이즈가 설마 꽃나무와 치치포를 해칠 목적으로 이곳에
왔다는 생각은 전혀 하지 못하고 있었습니다.

메이즈가 치치포에게 다가와 인사를 했습니다.

"안녕! 네가 말로만 듣던 인간이구나?"

"안녕! 응."

처음 보는 상대였음에도 치치포는 메이즈가 입은 비늘의
반짝이는 영롱함에 자연스럽게 경계를 풀고 있었습니다.
"너는 두발로 서있구나?
두발로 서서 다니면 불편하지 않니? 힘도 더 들 텐데."

"나는 사람이라 그래. 사람은 두 발로도 잘 다닐 수 있지.

하지만 나는 벌들처럼 날 수도 없고,

너희들처럼 네발로 빠르게 달리지는 못해.

근데 너는 정말 아름다운 모습을 하고 있구나."

"하하. 역시 너는 다른 멍청한 짐승들과는

다르게 보는 눈이 있어!

그렇지. 내가 입고 있는 이것은 세상

그 어느 것보다도 화려하고 아름답지.

너도 이것을 한번 입어보고 싶지 않니?"

"아니야. 나는 그냥 네 모습이 아름답다고

칭찬하는 것뿐이야.

가지고 싶은 마음도 들지만 그건 내 것이 아니잖아.

나에게 소중한 것이 있는 것처럼 너에게도

그 옷이 소중한 것이 분명할 텐데

내가 어떻게 그걸 입어보자고 할 수 있겠어."

"착한 척 하기는..."

"뭐? 뭐라고? 너무 작아서 못 들었는데."

"아. 아.. 아니.. 네가 참 착하다고 했어."

처음 생각보다 치치포가 쉽게 넘어오지 않자 당황했지만
메이즈는 능숙하게 조금씩 치치포와 대화를 이어갔습니다.

둘 사이에 대화가 길어지면 길어질수록 주변의 벌들도
그 화려한 옷의 주인공이 누군지 궁금해 하기 시작했습니다.
그리고 하나둘씩 치치포 쪽으로 다가왔습니다.
"뭐야? 이 벌들은 다 어디서 나오는 거야?
다들 내 옷의 아름다움에 정신을 잃은 것 같은데."

그리고 그때 소식을 듣고 찾아온 여왕벌이 말했습니다.

"정말 아름다운 옷이로구나. 당신은 누군가요.
옷에 가려져서 당신이 누군지 모르겠네요.
실례가 아니라면 당신이 누군지 알 수 있게
얼굴을 보여주지 않겠어요?"

"나? 굳이 나를 말할 필요가 있을까요?

여러분들이 보는 이 모습이 바로 저의 모습이니까요.

나는 세상에서 가장 화려하고 아름다운, 모두의 사랑을 받

을 수밖에 없는 인기스타랍니다.

보시다시피 그것 말고 어떤 설명이 더 필요할까요?

저는 오히려 저의 이런 아름다운 모습에도 불구하고

무례하게 꼬치꼬치 캐묻는 당신이 누군지 궁금하군요."

"제가 무례했다면 죄송합니다.

저는 이 벌들을 돌보는 어머니이자 다스리는 여왕이랍니다.

당신의 옷처럼 아름다운 꽃들을 사랑하지요.

저는 단지 당신이 입고 있는 옷이 너무나 아름다워서

당신이 누구인지 궁금했던 것뿐이랍니다.

무례했다면 사과하겠어요."

"벌들의 어머니라고?
그런데 어째서 그렇게 혼자만 덩치가 크지?
자식 벌들은 다 일을 시켜놓고
자기만 편하게 앉아서 자식들이 힘들게 구해오는 꿀이나
따 먹고 살아서 그런 것은 아닌가요?
다른 벌들을 힘들게 일 시킬 것이 아니라
나처럼 혼자 다니는 건 어떤가요.
아하. 나만큼 아름답지 못하니
혼자 다닐 자신이 없나 보군요."

그 때 대화를 듣고 있던
병정벌 장군 홀랜드잉이 소리쳤습니다.
"무례하다! 감히 위대하신 여왕벌님 앞에서!"

"괜찮아요. 내가 이야기 하겠어요.
우리 벌들은 모두 자신에게 맞는 역할이 있답니다.
태어날 때부터 그렇게 태어났죠.
저는 어미로서 수많은 벌들에게 생명을 주고, 또 그들을 올
바른 방향으로 다스려야 하지요.

제 몸이 큰 것은 저 혼자만 많이 먹어서가 아니고
바로 많은 벌들을 낳기 위해서랍니다.
한 번에 수백에서 수천 개의 알을 낳는 일은
매번 여간 힘든 일이 아니랍니다.
작은 체구였다면 아마 감당할 수 없었을 거예요.
저는 수많은 알을 낳기 위해 이렇게 큰 몸집을 가지게
되었고 또 그렇게 살아야 한답니다.”

치치포가 말했습니다.

“맞아. 여왕벌님은 여기 있는 누구보다 자상하고 모두를
잘 보살펴 주시지.
나도 여왕벌님의 보호를 받아서 지금 이렇게 안전하게 있잖아.
여왕벌님 뿐만 아니라 내 친구인 이잉이 우잉이를 비롯해
모든 벌들이 내겐 너무 고맙고 멋있는걸.
모두 내 생명의 은인들이야.”

메이즈는 치치포의 이야기를 듣고 야네즈를 쫓아낸 것이
치치포의 마법이 아니라 벌들의 침 공격 때문이었다는
사실을 알아차리게 되었습니다.

그러나 메이즈는 아무것도 모르는 척 능청스럽게
연기를 이어갔습니다.

상대의 아름다운 외모에 매혹되어 있던 여왕벌은
대화가 길어질수록 상대방의 정체가
점점 의심스럽기 시작했습니다.

병정벌들의 장군인 홀랜드잉도 아름다운 겉모습에 비해
여왕벌을 대하는 태도가 버릇없고 교만한 메이즈에 대해
경계하는 마음이 생기기 시작했습니다.

메이즈가 치치포를 바라보며 말했습니다.
"인간. 너도 이 옷을 입어보고 싶지 않아?
솔직하게 말해봐."

"음. 입어보고 싶어.

하지만 그렇게 화려한 옷은 내가 입어도 어울리지 않을걸.

그래서 지금은 아름다운 네 모습을 보고 있는 것이

더 좋은 거 같아."

"아니. 인간! 네가 아직 어려서 그러는가 본데.

너는 아직 이 화려하고 아름다운 옷이 너에게 얼마나 좋은

것들을 가져다주는지 몰라서 하는 소리야."

"좋은 것을 주다니? 무슨 좋은 것들을 가져다주는데?"

"잘 들어. 우선 자신감이지.

네가 이런 옷을 입는다고 생각해봐.

네 모습이 얼마나 아름답겠어.

세상 그 어느 왕들이 입는 옷들보다도 더 화사하고

아름다운 옷이라고.

이걸 입으면 자연스럽게 너의 걸음걸이는 왕보다 더 우아해

질 거고, 네 모습에 너조차도 반해 버리겠지.

모든 인간들과 동물들,

곤충들이 너의 그 아름다움에 빠져 버릴 거라고.

그때 너는 어깨를 피고 가장 우아하고 여유 있는 모습으로

사뿐사뿐 걸으면 되는 거야!

바로 그게 자신감이지.

그 뿐인 줄 아니?

너는 많은 친구들도 얻을 수 있다고.

지금까지 너에게 어떻게 친구들이 생겼는지 잘 생각해 봐!

인간 네가 좋아서 온 친구는 아무도 없을걸.

가까운 예로 네 옆을 봐.

그들이 왜 네 옆에서 너를 보호하고 있는지."

치치포와 벌들 사이를 자꾸만 갈라놓으려는 듯한
메이즈의 말에 여왕벌의 의심은 점점 더 깊어져 가기 시작
했습니다. 메이즈가 말을 이었습니다.

"인간! 너무 상처 받지는 마. 이게 어차피 현실이니까.

모든 생명체들은 아름답고 화려한 것을 좋아하게 되어있어.

지금 인간 네 모습이 얼마나 초라한지 알고 있니?

시냇가에 가서 네 모습을 비춰 보라고.

너는 어쩌면 들판의 흔하디흔한 잡초보다도

초라해 보일 수 있단 말이지.

하지만 네 등 뒤의 꽃나무는 어때.

네 친구들은 바로 잡초보다 못한 네 모습 때문이 아니라

바로 네 뒤에 있는 아름다운 꽃나무 때문에

너에게 잘해주는 거라고.

저 꽃나무가 너는 가지고 있지 못한

아름다움을 가지고 있기 때문이야!”

메이즈의 말을 듣고 있던 치치포의 얼굴이

조금씩 어두워지기 시작했습니다.

이내 치치포의 시선이 땅을 향했습니다.

그리고 혹시라도 메이즈의 말이 사실일까 하는 불안감이

마음속에 피어나기 시작했습니다.

치치포가 두려움이 담긴 목소리로 말했습니다.

"정말 그럴까? 아닐 거야. 여왕벌님.

저 아름다운 저 친구의 말이 사실인가요?

설마 제게 이 꽃나무가 있었기 때문에

저와 친구가 되어 주셨던 건가요?"

그때 벌들의 무리 속에서 두 사람의 대화를 듣고 있던 이잉
이 튀어 나오며 말했습니다.

"치치포! 무슨 소리를 하는 거야! 비록 처음 우잉이와 함께
너를 만나러 간 것은 꽃나무에서 나는 향기 때문이었지만
지금은 치치포 너를 위해 그리고 네가 아끼는 이 꽃나무를
위해 우리가 여기까지 온 거라고."

여왕벌은 여전히 차분한 모습으로
치치포를 바라보며 말했습니다.

"맞습니다. 치치포씨. 우리는 꽃나무를 통해 치치포씨와
같은 좋은 인간을 만났고 목숨을 걸고 싸운 진정한 친구가
된 것이지요. 바람의 소리가 그 증인이랍니다."

메이즈가 비웃으며 말했습니다.

"다들 정말 말을 그럴싸하게 지어내는군.
인간. 아니 치치포라고 했나?
치치포. 잘 생각 해봐.
네게 저 아름다운 꽃나무가 없었다면
너에게 아무도 오지 않았을 거야.
저기 벌떼들도 그렇게 인정하고 있잖아.
꽃나무가 없었다면
너를 만나러 오지 않았을 거라고 하잖아.
아직도 저 벌들의 말을 믿는 건 아니겠지? 그
렇게 바보 같진 않겠지?"

여왕벌이 말했습니다.

"치치포씨 아닙니다. 설사 꽃나무가 없다 해도
우리는 여전히 치치포씨의 친구가 될 거에요.
우리는 이미 치치포씨의
그 아름다운 마음씨를 알고 있거든요.
그리고 우리는 바람의 소리가 해준
이야기를 잊지 않고 있답니다."

메이즈가 말했습니다.

"잘 됐네. 잘 됐어.
치치포 저 꽃나무가 없어도 너와 좋은 친구가 되어 준다는
데 한번 저 꽃나무를 없애보는 것은 어때?
정말 좋은 친구인지 아닌지를 알아 볼 수 있는 기회잖아.
언제까지 저 꽃나무만 바라보며 살아 갈 거야!
꽃나무가 없이도 저 벌떼들이 너의 친구가 되어 준다면
그때 너는 정말로 진심어린 친구를 가지게 되는 거라고.
그리고 그때는 꽃나무도 더 이상 필요 없지 않겠어.

네겐 진정한 친구가 있으니까 말이야.

만약 정말 네가 벌들과 진정한 친구가 된다면

나도 가만히 보고 있지 않겠어.

내가 입고 있는 세상에 하나밖에 없는 이 아름다운 옷을 너

에게 선물로 줄게.

너는 결국 진정한 친구도 얻게 되고,

그에 더해 이 아름다운 옷도 얻게 되는 거라고!"

치치포가 고민하는 듯한 표정을 짓자 여왕벌이 다급해진

말투로 이야기 했습니다.

"치치포씨 저 이상한 동물의 말을 듣지 마세요.

지금 저희와 치치포씨의 관계를

갈라놓으려는 속셈 같아요."

그 때 고민을 하던 치치포가

무엇인가 결심한 듯이 말했습니다.

"잠깐만요. 여왕벌님.

어쩌면 저 아름다운 동물의 말이 맞는지도 몰라요.

지금까지 저는 계속 혼자였지만 이 꽃나무가 생긴 이후에
야 여러분과 같은 친구들을 만날 수 있게 되었다고요."

치치포의 말에 한껏 기분이 좋아진
메이즈가 더욱 치치포를 몰아세웠습니다.

"맞아. 치치포!
이제야 말이 좀 통하는구나!
저 친구들은 너보다 꽃나무에
더 관심을 가지고 있는 거라고.
왜? 꽃나무는 아름다우니까!
만약 네가 이 옷을 입고 꽃나무보다 더 아름다워진다면
너는 더 이상 꽃나무가 필요 없게 된다고.
자 이제 꽃나무를 내 옷과 바꾸는 거야. 어서!"

메이즈의 목소리는 기나긴 마라톤 끝에 골인 지점에
도달한 육상선수마냥 들떠 있었습니다.
그리고 치치포가 말했습니다.

"하지만 꽃나무는 안 돼. 이건 내 생명과도 같은 걸."

"치치포. 잘 들어봐.
네가 이 꽃나무를 나의 망토와 바꿈으로써 너는 자기들이
친구라고 말하는 벌떼들이 너의 진정한 친구인지 시험해
볼 수도 있고, 내 망토를 언제든지 입고 다니며 세상에서
가장 아름다운 모습으로 살아 갈수도 있다고.
모두의 사랑을 받으면서 말이야."

"하지만 꽃나무는.."

"치치포씨 절대 안돼요. 속지 마세요.
저자는 지금 꽃나무를 없애려고 하는 겁니다."

"하지만 저 꽃나무가 없었다면 벌들과 친구가
될 수 없었다는 말도 맞는 얘기 같은걸요."

치치포는 메이즈의 간사한 속임수에
점점 더 마음이 흔들리기 시작했습니다.

벌들이 자신을 정말로 친구로 생각해서 자신을 도와주었는지
아니면 꽃나무 때문에 자신과 친구가 되어 준 것인지
헷갈리기 시작한 것이었습니다.

여왕벌은 계속해서 치치포를 설득하려 했지만 점점 더 치치
포의 마음은 메이즈 쪽으로 기울어가고 있었습니다.

결국 곰곰이 생각하던 치치포가 입을 열었습니다.

"저는 시험해 보고 싶어요.
제가 너무나 사랑하는 꽃나무지만 모두들 정말 사랑한 것
은 바로 꽃나무이지 제가 아니었던 게 아닐까 하는 생각이
들어요. 저만을 위한 진정한 친구들은 없었던 게 아닐까요."

"맞아. 치치포. 넌 참 똑똑하군. 내 말을 잘 알아들어.
자 그럼 꽃나무를 나에게 넘겨줘. 그럼 내가 곧바로
이 망토를 벗어서 줄 테니.

그리고 지켜봐 저 벌들이 너의 옆을 계속 지켜 주는지 말이
야! 하하하.”

“맞아. 그렇게 하겠어.”

치치포는 무릎을 꿇고 꽃나무가 심어진 땅의 흙을 조금씩
걷어내기 시작했습니다.
그 모습을 지켜보던 벌들은 당혹스러움을 감출 수 없었고
서로 간에 속닥거리기 시작했습니다.

그리고 그때 누군가 크게 소리쳤습니다.

“잠깐! 치치포. 내 이야기를 좀 들어봐!”

어디선가 우아한 날갯짓을 하며
나비 한 마리가 날아 왔습니다.
메이즈가 짜증이 섞인 목소리로 말했습니다.

“넌 또 누구야?”

"나는 헤쿠바 몰포 나비란다.
보통은 나를 헤쿠바라고 부르지.
진정한 아름다움에 대해 누구보다 깊은 수련을 쌓은
곤충이 바로 나라고 할 수 있지.
그래서 여기 있는 이 친구에게 도움이 될까 해서
급하게 소리친 것이었어."

메이즈는 이번에도 간사한 웃음을 터뜨리며 말했습니다.

"하하하. 너도 저 치치포의 꽃나무 향기를 맡고
찾아온 거짓 친구로구나!"

"아니. 나는 당신의 옷을 보고
너무나 아름다워서 이곳까지 따라오게 되었지."
메이즈가 득의양양한 목소리로 말했습니다.

"봤지! 치치포.
다 똑같은 거야. 모두들 아름다운 것을 좋아하지.

나의 아름다운 모습을 보고 이 녀석도 따라 왔다고 하잖아.
초라한 네 모습을 좋아할 친구는 세상 어디에도 없다고."

헤쿠바가 나지막한 목소리로 말했습니다.

"아니. 사실 나는 당신의 그 아름다움 겉모습 안에
숨어 있는 당신의 본래 모습이 더 궁금해서 뒤따라 온 거야.
진정한 아름다움은 겉으로 드러나지 않는 법이거든.
그러나 당신이 지금까지 치치포에게 하는 말을 들으면서
당신은 겉모습만 아름다울 뿐 속은 그 누구보다
추악하다는 생각이 들었어."

그 말을 듣는 순간 메이즈는 화가 치밀어 올라
이전까지와는 다른 거친 목소리로 소리쳤습니다.
"도대체 무슨 소리야! 이렇게 아름다운 나를!
네까짓 게 나를 평가해!"

메이즈는 매우 화가나 목소리가 마구 갈라졌지만,

헤쿠바는 여전히 침착하게 꽃나무 주위를

빙글빙글 돌며 말했습니다.

"치치포라고 했지. 우리 나비들은 이렇게 아름답고 우아한

모습을 가지기까지 힘겨운 시간을 보내야만 해. 우리 어머

니는 새순이 돋아 있는 나뭇잎의 연한 부위에 나를 알로

낳았어. 왜냐하면 내가 알에서 애벌레의 모습으로 깨어났

을 때 그 연한 순을 먹고 자라야 했기 때문이지.

다시 말하면 나는 태어나자마자 어머니의 도움 없이

스스로 연한 순을 찾아 먹어야 했다는 이야기야.

누구의 보살핌도 없이 말이지.

그리고 너도 알겠지만 애벌레들은 정말 징그럽게 생겼지.

온몸에는 징그러운 털로 가득하고,

온몸을 감싸고 있는 주름들을 펴고 오므리기를 반복하며

땅을 기어 다녀야만 하지.

그 때까지 우리는 하늘을 한번 제대로 쳐다보기도 힘들지.

그래도 나는 생각했어.

이렇게 나를 감싸고 있는 못난 허물을 벗고 나면 우리 엄마

처럼 멋진 나비가 될 수 있겠지 하고 말이야.

그리고 그렇게 힘든 시간들을 견뎌낸 나는
마침내 허물을 벗었어.
그리고 이제는 날아오를 수 있겠다 생각하며
몸에 힘을 주는 순간 알게 돼.
또 다른 허물이 나를 감싸고 있다는 사실을 말이야.
실망도 컸지만 나는 좀 더 기다려보기로 했어.
그 뒤로도 나는 세 번의 탈피를 더 해야만 했어.
그 시간이 어찌나 길고 고통스럽게 느껴지던지.
나는 수없이 많은 시간을 기대와 실망을
반복하며 보내야만 했지.
아마도 주변에 나를 보살펴주는 누군가 있었다면
그렇게 까진 힘들지 않았을 지도 몰라.
하지만 세 번의 탈피를 하고도 내 눈앞에 보인 것이라곤
여전히 딱딱한 딱지들이 덕지덕지 붙어 있는.
기대했던 화려한 날개의 모습은 찾아볼 수 없는 볼품없는
내 자신의 모습이었어.
그 때 나는 너무나 지치고 말았어.
여전히 징그러운 내 모습을 아침 이슬에 비춰보며
또 한 번 울어야만 했어.
그때는 정말 우는 내 자신의 모습도 싫어지더라고.”

헤쿠바는 과거의 기억을 떠올리며 다시 한 번 목소리가
떨렸고 눈시울은 촉촉이 젖어 들어갔습니다.
하지만 다시 목소리에 힘을 실어 이야기를 이어갔습니다.
"그리고 나는 결심했어. 그만 울자. 더 이상 울지 말고,
더 이상 기대도 하지 말고, 아무도 나를 볼 수 없는 곳으로
들어가자. 그렇게 나는 어느 고목나무의 갈라진 틈 사이를
힘겹게 비집고 들어갔단다. 그리고 아무도 나를 볼 수 없도
록 몸에서 나오는 실로 두툼한 옷을 해 입었지.
그리고 꼼짝 않고 틈 사이에 숨은 채로 긴 시간을 보냈어.
그때 내가 할 수 있었던 것은
오로지 나 자신에 대한 생각뿐이었단다.
꼼짝도 않고 숨어서 시간을 보내며 나는 내가 살아온 날들
을 하나씩 하나씩 천천히 되짚어갔어.
우선 나를 돌보지 않고 저 멀리 날아가 버린 엄마를 원망했
던 예전의 나의 모습이 떠올랐어. 그리고 털북숭이의 못생
긴 내 모습을 사랑하지 못했던 과거의 내 모습도 떠올랐어.
그렇게 과거의 내 모습을 되짚어 본
나는 결국 한 가지를 결심하게 됐어.

엄마마저 나를 낳고 저 멀리 떠났고,

주변에는 이야기 할 친구가 한 명도 없다 해도

최소한 나만은 나의 이런 모습을 사랑해 주겠다고 말이야.

나는 나로서, 남들이 사랑해주지 않는

오롯한 나 자신으로서의 모습을 사랑해주자고 말이야.

그리고 그 때까지 스스로를 감추려고 만들었던 옷을

벗어 던져 버리기로 했지.

내 모습 그대로 세상 밖으로 나가자고 말이야.

다음 날 나는 덮고 있던 두꺼운 옷을 가까스로 벗고

나무껍질 사이를 힘겹게 기어 나왔어. 나와서 마주한 세상

은 그 전에 비해 아무것도 변한 것이 없었어.

하지만 내 눈에는 그 전에는 볼 수 없었던

온갖 아름다움들이 들어왔단다.

기쁜 마음에 나는 활짝 기지개를 폈어.

그리고 그때 내 등에서 그 동안 접혀 있던 무언가가 마치

부채가 펴지듯이 활짝 펴지는 것을 느꼈어. 바로 날개였어.

숨어 지내는 동안 내 생각뿐만 아니라

나의 몸도 변해 있었던 거야.

짧고 굵었던 몸통은 날씬하고 매끈해져 있었고, 둔탁했던
색과 무늬들은 화려하고 휘황찬란한 빛깔로 물들어 있었어.
변한 내 모습을 보며 스스로 감탄이 터져 나왔지만
잠시 후에 나는 깨달았어.
지금 눈에 보이는 아름다움보다 더 아름다운 것은 바로
나 자신을 사랑하는 내 마음이라는 걸 말이야.
그리고 여기에 이르기까지 참고 지냈던 외롭고 힘든 시간들
이었다고 말이야.
끝내 나는 나 자신을 인정하고 사랑하게 된 거야."

모든 벌들과 치치포는 헤쿠바의 이야기를 들으며
크게 감동을 받았습니다.
그리고 나비가 진정으로 소중하게 생각하는 것이 겉으로
드러난 아름다움이 아니라는 말의 뜻을
이해 할 수 있었습니다.

헤쿠바는 이야기 하는 도중에 과거의 힘들었던 시간을
떠올리면서도 오히려 밝게 웃었습니다.
한차례 날갯짓을 크게 한 헤쿠바는 치치포 앞에 당당하게
날아 왔습니다. 그리고 말했습니다.

"치치포. 처음에는 벌들이 너의 꽃나무만 바라보고
이곳에 왔는지도 몰라.
나도 처음에 저 동물의 아름다운 옷을 보고
이곳까지 따라 온 것이니까.
하지만 벌들은 너를 만나고 너의 아름다운
그 마음씨와 순수한 모습에 큰 감동을 받았다고 했어.
나는 그것이 진심이라는 걸 어렴풋이나마 알 수 있을 것 같아.
네가 가진 진정한 아름다움을 발견한 거지.
그리고 이제는 꽃보다 치치포 너를 위해 저렇게 친구가
되어 주고 있는 거라고.
이제는 네 모습 그대로가 소중하기에 네가 소중히 여기는
저 꽃나무도 소중하게 여기는 거라고.
그리고 그들도 너와 꽃나무가 서로 떨어질 수 없는
관계라는 사실을 잘 알고 있어.

그래서 너를 위해 꽃나무를 소중히 여기는 거야.

치치포 바로 너 때문에 말이야.

나는 오히려 저 화려한 옷을 걸친 동물이 더 의심이 가.

겉모습에만 치중하고 속은 아름답지 못한 저 동물의 말이

더 의심이 간다고."

헤쿠바는 몸을 돌려 메이즈를 바라보며 소리쳤습니다.

"그러지 말고 너도 옷을 벗어 버리고 진실한 모습으로 우리

에게 나오는 것이 어때? 그러면 너도 우리의 친구가 될 수

있다고."

치치포는 큰 문제가 해결된 듯

함박웃음을 지으며 말했습니다.

"그래. 나도 헤쿠바의 말이 맞는 것 같아. 너의 진정한 모습

을 보고 싶어. 우리가 진실하게 서로에게 다가갈 때 우리는

친구가 될 수 있을 거야!"

메이즈는 갑자기 헤쿠바에게 달려들었습니다.

그리고는 날카로운 앞발을 휘두르며 소리쳤습니다.

"뭐! 뭐라고! 진실해 지라고? 내 친구가 되어 주겠다고?

네놈이 나의 계획을 다 망쳐 놓고 이제 와서

네 말을 들으라는 거야!

마음이 어쩌고 어째!

다 거짓말이야!

눈에 보이는 것이 전부야!

눈에 보이는 것 외에 세상엔 진실도 없고

진정한 아름다움도 없다고!

누구든 간에 화려하고 아름다우면

다 따라오게 되어 있다고!"

그때 여왕벌이 소리쳤습니다.

"그렇다면 어쩔 수 없군요. 꽃나무를 자꾸만 없애려 하는

당신을 적으로 판단할 수밖에 없습니다. 홀랜드잉!

병정벌들에게 저 짐승의 망토를 벗기라고 하세요!"

"네! 마마! 알겠습니다. 병정벌들이여!
여왕벌님 말씀대로 돌격!"

병정벌들은 일제히 날아올라
메이즈를 향해 달려들었습니다.
하지만 눈치 빠른 메이즈는 여왕벌의
명령이 내려지기도 전에 용황제의 비늘을 벗어 던지고
왔던 곳으로 재빠르게 도망쳤습니다.
그리고 그 모습을 지켜본 치치포가 깜짝 놀라 말했습니다.
"저건 여우잖아. 여우였어!
나의 꽃나무를 해치려 했던 그 짐승들 중 하나인 여우.
여왕벌님 정말 죄송해요. 제가 너무 어리석었어요.
그런 것도 모르고 저는 여우의 말만 듣고 여왕벌님과 꿀벌
친구들을 계속 의심했어요.
저는 모두가 제가 아닌 아름다운
제 꽃나무만 좋아한다고 생각했어요."

죄책감에 훌쩍이는 치치포를 향해 여왕벌은 여전히 인자한
목소리로 대답했습니다.

"아닙니다. 다 틀린 말은 아니었지요.

겉보기 아름다운 것이 잘못된 것은 아니에요.

그렇다면 저기 아름다운 헤쿠바도 잘못된 것이 되니까요.

우잉과 이잉이 처음 치치포씨를 만났을 때는

꽃나무 때문이었던 것이 사실이에요.

그러나 진정한 아름다움은 치치포씨가

저희에게 베풀어 준 호의와 순수한 마음이었답니다.

우리는 아름다운 꽃나무도 봤지만 동시에 치치포씨의

착한 마음씨도 보게 된 것이었답니다."

헤쿠바도 자부심이 가득한 목소리로 말했습니다.

"맞아. 치치포! 아름다움은 우리 안에 있는 거야.

힘들고 어려운 시간들을 통해 성숙해진 단단한 마음이야

말로 진정한 아름다움이고 자신감이 되는 것이라고.

그리고 그런 아름다움의 결실 중 하나가 바로 네가 눈물로

씨앗을 뿌린 저 꽃나무라고? 꽃나무의 아름다움은 바로 치

치포 너의 눈물에서 나온 거라고."

"헤쿠바! 너무 너무 고마워. 너는 진정한 아름다움이
무엇인지 나에게 가르쳐 주었어."

그러자 여왕벌도 헤쿠바에게 돌아서며 더듬이를 위아래로
크게 움직여 인사했습니다.

"헤쿠바. 당신에겐 겉의 아름다움뿐만 아니라 그 안에서
넘쳐나는 자신감과 여유, 그리고 지혜로움이 있습니다.
벌들의 어미인 저도 본받고 싶군요."

그러자 헤쿠바도 똑같이 더듬이로 인사하며 말했습니다.

"아닙니다. 저도 여왕벌님의 그 넓은 마음과 자비로움이
대단하다고 생각합니다. 여왕벌님께서는 수많은 벌들의
어머니가 될 자격이 충분하십니다."

이렇게 해서 치치포는 헤쿠바의 결정적인 도움으로
여우 메이즈의 간사한 계략에서 벗어날 수 있었습니다.

하지만 앞으로 이보다 더 위험한 일들과 시험들이
있을 지도 모른다는 것을 치치포는
마음속으로 느낄 수 있었습니다.
꽃나무를 지키기 위한 싸움을 거치면서 치치포의 마음도
조금씩 조금씩 더 단단해져 갔습니다.

때론 이런 싸움이 싫어 슬프기도 했고, 두렵기도 했지만,
곁에서 자신과 함께 싸워주는 벌들과 또한 기꺼이 친절을
베푸어 주는 나비 헤쿠바 그리고 어디선가 자신을 돕기
위해 열심히 뛰고 있을 위스컴을 생각하며
다시 힘을 낼 수 있었습니다.

Chapter 13.
의심의 눈곱

벌들은 메이즈가 침입하는 것을 보면서도 전혀 적인 줄
알아채지 못했었기 때문에 아차 하면 꽃나무를 지킬 수
없었을 지도 몰랐습니다.

그래서 메이즈가 떠난 뒤 벌들은 그런 위험한 상황까지
가게 만들었던 자신들의 실수를 반성하며
대책회의를 시작했습니다.
"메뚜기 친구들이 올 때까지 이곳의 경비를 소홀히 해서는
안 됩니다."

"그렇습니다. 어제 여우 사건과 같은 일이 다시는 일어나서
는 안 되겠지요. 이번 사건은 우리 경비대의 수치입니다."

"그렇다면 우리의 동맹인 메뚜기들이 올 때까지 더욱 더
체계적이고 효율적으로 경계해서 짐승들의 공격에 대비해
야 합니다."

회의를 다 듣고 난 뒤 여왕벌이 말했습니다.

"그래요. 여러분들 그럼 이렇게 하지요.

모두들 피곤하다는 것을 잘 알고 있습니다.

하지만 저는 머지않아 메뚜기들과 힘을 합쳐 저 짐승들과

큰 싸움을 벌여야 할 것 같은 생각이 듭니다.

그러니 그 때를 대비해 힘을 최대한 아껴야 합니다.

앞으로 조를 짜서 교대로 보초를 서되

누구든지 외부인이 나타나기만 하면 적이든 아니든

상관없이 있는 힘껏 날갯소리를 내도록 합시다.

그 동안 보초가 아닌 벌들은 꽃나무 주변에서

휴식을 취하도록 하는 겁니다.

제가 치치포씨에게 얘기해서 이 싸움이 끝날 때까지

꽃나무의 꿀을 마음껏 먹을 수 있도록 부탁하겠습니다.

어려운 부탁이지만 치치포씨라면 들어 줄 거라 생각이 되네요."

"여왕님 말씀대로 따르겠습니다."

"자 위대한 벌들이여! 그럼 다들 자리를 잡고 조를 짭시다."

여왕벌의 지시에 벌들은 질서정연한 모습으로 줄을 섰습니다.
그리고 한 마리씩 자신의 역할에 따라
이리저리 조를 옮겼습니다.

크게 3개의 조가 만들어졌습니다.
한조가 보초를 서면 한조는 잠을 잘 수는 없었지만 싸움에
대비해 꽃나무의 꿀을 먹으며 대기 했습니다. 그리고 나머
지 한 조는 앞으로의 싸움들에 대비해 잠을 청했습니다.

체계적이고 잘 정리된 벌들의 모습을 보자 '
치치포는 마음이 든든했습니다.
앞으로의 싸움에서 반드시 이겨 바람의 소리 말대로
꼭 꽃나무를 끝까지 지켜 내리라고 다짐 또 다짐했습니다.
한편 메이즈의 작전마저 실패하자
네 마리의 짐승들은 더욱 화가 났습니다.
용황제의 발톱뿐만 아니라 이제는 비늘까지
잃어버렸기 때문입니다.
그리고 인간 옆에 이제는 벌과 나비까지 한편이 되어

꽃나무를 위해 싸운다는 것을 알게 되자 이제 더욱더
그 고약한 꽃나무와 그 주인인 치치포가 싫어졌습니다.

네 짐승들은 낮잠을 자던 나무 그늘 아래 모였습니다.
야네즈는 여전히 벌침이 쏘인 곳이 퉁퉁 부어 있었고,
메이즈는 자신의 계획이 실패했던 이유에 대한 변명을
하느라고 쉴 틈 없이 떠들고 있었습니다.
루마는 실패한 메이즈와 야네즈를 보며 비웃고 있었고,
블레이크는 해결책을 찾아보겠다며 고민하는 척
나무 그늘에 앉아 있다가 평소와 마찬가지로
낮잠이 들어 버렸습니다.
그렇게 시간을 보내던 중
까마귀 로이드가 다시 찾아 왔습니다.
"너희들은 참으로 생각이 있는 건지 없는 건지 모르겠구나.
두 번이나 실패하고 나서도 이렇게 잠만 자고 서로 핑계에
불평이나 해대고 있다니 말이야! 너희가 이렇게 시간을 보
낼수록 용황제님의 분노만 커진다는 것을 정말 모르는 건
아니겠지? 결국 너희들의 목숨도 날아가게 될 거라고."

로이드는 계속해서 짐승들을 혼냈습니다.
하지만 짐승들은 각자의 변명만 늘어놓을 뿐 어느 누구도
자신이 잘못했다고 인정하지 않았습니다.
한참동안 변명을 듣던 로이드가 답답해하며 말했습니다.

"이젠 내가 나서야지 안 되겠어! 멍청한 너희들 때문에
내 목숨도 날아가게 생겼다고!"

그러자 루마가 비웃으며 말했습니다.

"네가 어떻게 도울 수 있는데? 까마귀 주제에!"
메이즈도 거들고 나섰습니다.

"맞아! 너는 힘도 없잖아! 항상 용 황제님, 용 황제님 하면
서 우리에게 겁만 줄 뿐이지. 그리고 용황제님께 가서는 다
우리 잘못이라고 했겠지. 간사한 까마귀 같으니라고!"

"까악~! 너희들 다들 미쳤구나.

그렇게 얘기한다면 나도 너희들을 도와주지 않겠어!

너희들 말대로 용황제께 가서 모두 고자질 해주지!

블레이크, 루마, 메이즈, 야네즈가 용황제님은

아무것도 하지 않으시고 자신들에게만 모든 싸움을

맡기셨다면서 불평만 늘어놓고 있는데 어떻게 합니까?

용황제님이 직접 나서시지 않으시면 더 이상 말을 듣지

않겠다고 합니다 라고 말이야!

까악~ 이게 너희들이 원하는 거지? 그렇지?"

로이드는 매우 화가 난 듯 말하고서는

날개를 퍼덕이며 돌아갈 시늉을 했습니다.

그러자 갑자기 루마가 날아가려는 까마귀의 얇은 다리를

긴 두 손으로 꽉 잡았습니다.

"우리가 언제 그렇게 이야기했어!

어디 가려고 그래?

우리에게 해결책을 가르쳐 달라고!

이전부터 미련한 멧돼지랑 잘난 척 만하는
여우 말은 듣고 싶지도 않았다고!
나는 오직 너의 도움만 필요해. 정말이야.
네 지혜로운 머리만 필요하다고.”

“진작 그렇게 말할 것이지. 블레이크, 야네즈, 메이즈
너희들도 루마 말에 동의하는 거야?”

짐승들은 인정하고 싶지는 않았지만
로이드가 혹시라도 용황제에게 돌아가 자신들의 험담을
전할까 두려워 모두 한목소리로 대답했습니다.

“응.”

“맞아. 정말이야.”

“그래 네 도움 없이 우린 아무것도 못해.”

"그렇다면 좋아. 모두들 내 발밑으로 모여 봐.
누구도 우리의 작전을 들어서는 안 되니까 말이지."

그 말을 들은 짐승들은 로이드의 말대로 움직였습니다.
그리하여 커다란 덩치의 짐승들이 작고 힘없는
로이드의 발밑에 모였습니다.
짐승들이 모인 것을 본 로이드는
차분한 목소리로 말했습니다.

"까악. 자! 내 얘기 잘 들어. 지금쯤이면 메뚜기들도 치치포
라는 인간을 도와주기 위해 이곳에 거의 도착 했을 거야.
그 말은 이제 우리가 힘으로는 저 꽃나무를 빼앗기는 어려
워졌다는 의미라고. 그렇다면 우리는 다른 방법을 써야해.
그건 바로 분열!!
따라해!
분열!"

"분열!"

짐승들은 마치 유치원 어린이들이 선생님의 말씀을 따라 하듯이 한목소리로 '분열'이라고 크게 따라 외쳤습니다.

그러자 로이드는 다시 말을 시작했습니다.

"좋아. 잘 했어. 분열이야 바로 분열! 분열이 어디서 오는 건지 아니? 바로 의심에서 오는 거야 의심! 따라해 의심!"

"의심!"

"의..심!"

그 사이에 졸고 있던 블레이크 혼자 늦게 대답했습니다.
"까악!!! 블레이크 너는 앞 다리 들고 서서 들어.
너는 배를 땅에 대기만 하면 졸더라.
아무튼 우리는 치치포라는 놈이 벌과 나비 그리고 지금
오고 있는 메뚜기들을 의심하게끔 만들어야 해.
그렇게 되면 그 놈들은 서로 의심하다가

자기들끼리 싸우게 되고 결국 우리는 별 힘도 들이지 않고 저들을 떼어놓을 수 있게 될 거라고!"

그러자 메이즈가 말했습니다.

"내가 본 여왕벌과 그 못생긴 나비는 치치포라고 하는 그 인간 놈을 무지하게 아끼고 있었어. 그런 상황에서 어떻게 의심이란 생각을 집어넣을 수 있다는 거야? 말도 안 되는 소리야."

"까악. 바보 같으니. 내가 준 그 용황제님의 눈곱 어디 있어?"

"루마가 가지고 있어."

"이리로 가져와 봐."

루마는 블레이크가 메이즈와 야네즈를 기다리면서 줄곧
낮잠을 자곤 했던 나무 밑으로 가더니 땅을 파기 시작했습
니다. 그리고 그곳에서 용황제의 눈곱을 집어 들고
까마귀에게로 가지고 왔습니다.

"자 내 말 잘 들어. 이게 바로 의심의 눈곱이지.
이것을 치치포 눈꺼풀 위에 붙이게 되면 치치포라는
인간은 자기 주변 누구의 말도 믿지 못하게 된다고.
그렇게 친구든 누구든 간에 의심을 하기 시작하면 결국은
서로 간에 다툼이 벌어지게 되어 있지. 그리고 그렇게
다투다 보면 결국 서로가 서로를 떠나게 되겠지.
그러니까 이 눈곱을 그 치치포라고 하는 놈이 자고
있을 때 눈꺼풀 위에 살짝 붙이고 오기만 하면 되는 거지.
그 다음에 우리는 그 놈들이 서로 싸우는 모습을 지켜보기
만 하면 된다고."

메이즈가 관심 없는 듯 발바닥을 핥으며 말했습니다.
"그런데 어떻게 그 치치포의 눈에 눈곱을 붙일 수 있냐고?
지금도 벌들이 두 눈을 크게 뜨고 지키고 있을 텐데!"

"흠.. 그건 말이야. 오늘 밤 내가 까마귀 친구들을 이끌고 그 놈들이 있는 하늘을 날아다닐 거야. 그냥 날아다니기만 하느냐? 절대 아니지 엄청나게 큰 소리로 까악, 까악 외치며 날아다닐 거라고!

그놈들이 처음에는 우리가 내는 시끄러운 소리에 잔뜩 경계하겠지만 결국 나중에는 우리의 시끄러운 울음소리에 익숙해지게 될 거야. 그렇게 피로가 쌓이면서 우리의 울음 소리를 들으면서도 계속 자려고 하겠지.

그때 루마 네가 작고 빠른 몸을 이용해서 치치포의 눈에 이 눈곱을 붙이고 오는 거지.

어때! 이해가 되지? 루마 너는 덩치가 작지만 그 대신 날렵하고 재빠르니까 충분히 할 수 있을 거라고."

"그러니까 네 말은 한 밤 중에 네 친구 까마귀들이 큰소리 로 울면서 이리저리 날아다닐 때 재빠른 내가 치치포에게 다가가서 이 눈곱을 붙이고 오라 이 말이지?"

"그렇지. 바로 그거야."

그 때 딴 짓을 하고 있던 야네즈가 나무 옆에 세워놓은
용황제의 눈물이 든 병을 바라보며 말했습니다.

"그런데 용황제의 눈물은 어떤 효력이 있는 걸까?
한번 먹어 보고 싶은데."

그 말을 들은 로이드가 말했습니다.

"모르지. 아무도 몰라.
하지만 지금까지 용황제께서 우리에게 주셨던 것들을
떠올려 봐. 그 중 이로운 것들은 한 가지도 없었다고.
분명이 이 눈물도 마시게 된다면 아마 좋지 않은 결과가
나올 것이 분명해. 어쩌면 그 인간을 한 번에 죽일 수 있는
독약 같은 것일 지도 몰라.
하지만 아직까진 아무도 몰라.
모른다고. 자! 아무튼 내 작전 이해되지?"

블레이크가 말했습니다.

"이 작전 정말 마음에 들어! 이 작전만큼은 동물의 왕인
내가 생각해 보지 못했던 아주 특별한 작전이야!"

로이드가 하늘을 바라보며 말했습니다.

"자. 루마! 너는 해가 지고 밤이 되면
이곳에 서서 저 달을 지켜봐.
그리고 그 달이 우리 앞에 보이는 저 굵은 나뭇가지 한가운
데를 지날 때, 바로 그때 여기서 치치포가 있는 곳으로
출발하도록 해. 네가 치치포에게 달려가고 있을 때 나도
친구들과 행동을 시작할 테니까. 알았지?
명심해. 저기 굵은 나뭇가지야!"

"걱정하지 마. 이번만큼은 내가 꼭 성공해서 너희 덩치 큰
짐승들보다 내가 훨씬 탁월한 능력을 가지고 있다는 것을
보여 줄 테니까 말이야! 끼기기기기긱~"

말을 마친 로이드가 날아가고 루마는 해가 질 때를
기다리며 눈곱을 자신의
눈에 붙였다 떼었다 하며 중얼거렸습니다.

"너희들 누구야? 왜 여기 있어?
네가 나를 작다고 얕보고 있다는 걸 누가 모르는 줄 알아!
너희들 다 믿을 수 없어!
모두가 나를 질투하고 있는 것을 누가 모를 줄 알아!"

짐승들은 혼자서 이상한 소리를 하고 있는
루마를 보며 쯧쯧 혀를 찼습니다.

그러나 확실히 용황제의 눈곱에 효력이
있다는 것만은 알 수 있었습니다.
마침내 어둠이 찾아 왔고 로이드의 말대로 달이 굵은 나뭇
가지의 중앙을 지나자마자 루마는 치치포가 있는
숲속으로 뛰어 가기 시작했습니다.
그리고 잠시 후 까마귀 수십 마리가 하늘을 날아다니며

시끄럽게 울어대기 시작했습니다.
"까악까악!!! 까악~!!"

잠을 자고 있던 치치포와 교대로 쉬고 있던 벌들은
갑작스럽게 들린 시끄러운 까마귀의 울음소리에
잠에서 깨어나 두리번거렸습니다.
치치포가 여왕벌에게 물었습니다.

"까마귀가 왜 이렇게 밤늦게 우는 걸까요?
무슨 긴급한 일이라도 생긴 걸까요? 여왕벌님?"
"그럴 수도 있지요. 하지만 큰일은 아닐 겁니다.
치치포씨의 꽃나무를 지키는 일 외에 더 큰일은 없답니다.
시끄러워도 참고 조금 더 눈을 붙이는 게 좋을 것 같군요.
이미 보초도 세워 두었으니 염려하지 말고 편하게 누워요."

"그렇겠죠? 큰일이 일어나는 건 아니겠죠? 아~함. 졸려서
좀 더 자야겠네요."

까마귀가 계속해서 울어대자 치치포와 벌들은
제대로 잠을 잘 수 없었습니다.
하지만 밤이 깊어질수록 몰려오는 졸음과 피곤함에
까마귀의 시끄러운 소리도 점점 익숙해져 갔습니다.

그리고 결국 치치포 뿐만 아니라 교대로 쉬며
보초를 서기로 했던 병정벌들도 푹 쉬지 못한 탓에
보초를 서면서 졸기 시작했습니다.

그들의 모습을 지켜보고 있던 루마는 보초들 사이를
엉금엉금 기어들어가기 시작했습니다.
루마가 기어 갈 때 바닥에서 바스락 거리는 나뭇잎 소리가
났지만 하늘에서 울리는 까마귀 울음소리가 너무 큰 탓에
아무도 그런 작은 소리를 들을 수 없었습니다.

슬금슬금 기어간 루마는 치치포가 누워있는 곳까지 쉽게
도착했습니다.
그리고 준비해간 눈곱 두개를 꺼내어 자고 있는 치치포의
눈꺼풀 위에 재빨리 붙였습니다.

치치포는 누군가 자신 눈을 만지는 느낌에
벌떡 일어났습니다.
그리고 눈앞에 희미한 누군가가
저 멀리 도망치고 있는 것을 보았습니다.
비록 밤이었지만 달빛에도 엉덩이가 잘 익은 사과처럼
새빨간 것을 볼 수 있었습니다.
놀란 치치포가 소리쳤습니다.

"원숭이다!"

그 소리에 자고 있던 벌들과 보초를 서며 졸고 있던 벌들이
일제히 달아나는 루마를 발견하곤 달려들었습니다.
덩치 작고 매우 잽싼 루마였지만 다른 동물들보다 빨리
달리지는 못했기 때문에 멀리 달아나지 못하고 그만 벌들
에게 포위당하고 말았습니다.

수많은 벌떼들이 루마를 둘러쌌고, 루마는 그 자리에서 어쩔 줄 몰라 하며 서 있었습니다. 여왕벌과 장군벌 홀랜드잉이 조금 늦게 도착해서 포위당한 루마를 바라보았습니다.

홀랜드잉이 당당한 목소리로 말했습니다.

"당신은 이미 포위됐소. 왜 이곳을 침입했는지는 모르나 허락 없이 이곳에 침입했으니 우리는 당신을 그냥 돌려보내줄 수 없소. 만약 도망치려 한다면 우리 병사들이 공격을 할 것이고 당신은 덩치가 작기 때문에 생명이 위험할 수도 있소. 그러니 순순히 따라 오시오."

루마는 어쩔 수 없이 홀랜드잉을 따라 치치포가
있는 곳으로 갔습니다.
벌들은 루마가 도망갈 수 없도록
루마의 외형대로 주변을 둘러쌌습니다.
하지만 루마를 사로잡아 오는 벌들을 본 치치포는 이전과
다르게 얼굴이 잔뜩 일그러져 있었습니다.

눈에는 이미 의심이 가득했습니다.
눈 위에 붙여 놓은 눈곱이
벌써 의심의 효력을 발휘하고 있는 것이었습니다.

여왕벌은 여전히 우아하고 차분한 목소리로 치치포에게 상황을 설명하기 시작했습니다.

"치치포씨. 여기 잡혀온 원숭이가 우리 영역에 침입해서 치치포씨를 해치려 했던 것 같아요. 꽃나무를 해치기 위한 무슨 계략을 또 꾸민 것이 분명합니다.
하지만 우리가 이렇게 잡아왔으니 당분간은 안전한 곳에 이 원숭이를 묶어 놓을 것이에요.
그러니 걱정하지 않아도 됩니다."

"내가 그걸 어떻게 믿을 수 있지요? 여왕벌님."

"무슨 말씀이십니까? 치치포씨."

"제가 어떻게 여왕벌님의 말을 다 믿을 수 있죠?
저렇게 재빠른 원숭이를 이렇게 쉽게 잡아 왔는데 저보고 아직도 원숭이와 당신이 한 패가 아니라는 것을 믿으라고요?"

옆에서 보고 있던 이잉이 말했습니다.

"치치포 그게 무슨 말이야.
지금까지 너를 보호해준 여왕벌님이시잖아.
자다 일어나서 아직 정신이 없는 거야?"

우잉도 미소를 지으며 말했습니다.
"아니. 안 좋은 꿈을 꿨는지도 몰라."

"우잉, 이잉! 너희도 믿을 수 없어. 다들 의심이 간다고!
우선 원숭이를 저 나무에 묶어 놓아야겠어."

꿀벌들이 보기에 치치포는
정말 이상하리만큼 변해 있었습니다.
말투는 차가워 졌고, 얼굴에는 의심이 가득했습니다.
일전에 보여주었던 순수한 눈빛과 온화함은
완전히 사라진 듯 보였습니다.

그런 치치포의 차가운 반응에도 벌들은 치치포를 도와
루마가 도망가지 못하도록 주변을 지켜 주었습니다.
하지만 치치포는 혹시나 벌떼들이
자기를 공격하지는 않을까 무척이나 경계했습니다.

치치포는 나무의 질긴 껍데기를 벗겨내서
루마의 손을 나무에 묶었습니다.
그러자 조금은 안심한 듯 이야기하기 시작했습니다.

"지금까지 너희들이 한건 다 연기 일지도 몰라.
난 아무도 믿을 수가 없어.
아니, 믿지 않는 편이 낫겠어.
그럼 최소한 속을 일은 없을 테니까 말이야.
모두 다 내 꽃나무를 탐내고 있는 것이 분명해.
지금 이렇게 나에게 잘해주는 것도 다 꽃나무를
훔쳐가려고 그런다는 걸 내가 모를 줄 알아?"

벌들은 갑자기 변한 치치포의
모습을 보며 웅성거리기 시작했습니다.

그때 여왕벌이 치치포에게 다가가 조용히 이야기 했습니다.

"치치포씨. 왜 그러시는 건가요? 우
잉이 말대로 무서운 꿈이라도 꾼 거 아닌가요?
아마도 너무 피곤해서 그럴 거예요. 걱정 말고
좀 더 쉬도록 하세요. 우리가 지켜 드리겠습니다."

"걱정 말고 더 쉬라고요?
내가 잠이 들면 분명히 내게서 꽃나무를
훔쳐 가려 할 텐데요?
저보고 그런 말도 안 되는 소리를 믿으라는 건가요?"

루마는 변해버린 치치포의 모습에 용황제의 눈곱이
효과가 대단하다는 것을 알 수 있었습니다.
그리고 혼자 키득키득 웃었습니다. 그
러자 치치포가 웃고 있는 루마를 쳐다보고는 말했습니다.
"이것 보세요!
이렇게 잡혀 있는데도 키득키득 웃고 있잖아요.
분명히 원숭이는 당신들과 같은 편이 분명해요!"

치치포의 변한 행동에 화가 난 이잉이 말했습니다.

"무슨 소리야! 치치포!"

여왕벌이 이잉을 달래며 말했습니다.
"이잉아. 소리 지르지 말거라. 아마 피곤해서 그럴 거야.
모두들 제자리로 돌아가도록 해!
또 어떤 위험이 닥칠지 모른다.
오늘 침입자를 막지 못했다는 것만 기억해.
이런 실수를 되풀이해서는 절대 안 돼."

여왕벌은 갑자기 변한 치치포의
모습에 놀란 벌들을 모두 제자리로 돌려보냈습니다.
그리고 자신도 치치포와 조금 떨어진 풀잎으로
자리를 옮겨 사뿐히 내려앉았습니다.
우잉이 갑자기 변한 치치포에게 다가가 말했습니다.

"치치포. 너 정말 너무 피곤해서 그러는 거니?

그렇다면 좀 더 쉬도록 해. 내일 다시 얘기하자."

"우잉! 내가 피곤해서 그런 것 같아? 너희들의 모습을 봐.

모두 다 어떻게 하면 내 꽃나무를 차지할 수 있을까

고민 하는 것처럼 보인다고!

다들 믿을 수 없어.

나는 이렇게 오늘 밤 내내 꽃나무 옆에 서서

밤새도록 지킬 거야.

아무도 내 꽃나무를 넘보지 못하도록 말이야!"

치치포는 용황제의 눈곱으로 인해

아무도 믿을 수 없게 되었습니다.

그의 가장 친한 친구들인 벌들까지도 말입니다.

의심에 가득 찬 치치포는 자기가 말한 대로
꽃나무 옆에 앉아 뜬 눈으로 밤을 지새웠습니다.
그리고 다시 아침이 되었지만
여전히 치치포의 눈에는 의심과 두려움이 가득 차 있었고,
벌들은 그런 치치포의 모습에
하나둘씩 마음의 상처를 받고 있었습니다.
벌들은 이미 치치포와 꽃나무를 지키기 위해
수많은 동료 벌들이 짐승들의 발에
밟혀 죽는 것을 보았기 때문입니다.

치치포는 여전히 벌들과 함께 있었지만
그 어느 때 보다도 외로운 시간을 보내고 있었습니다.
그리고 꽃나무의 향기는 조금씩 옅어져 가기 시작했습니다.

Chapter 14.
다시 혼자

치치포는 밤새도록 꽃나무 옆에서 꾸벅꾸벅 졸다
나뭇잎이 바스락거리는 소리만 나도 벌떡 일어나
사방을 두리번거렸습니다.
그리고 다시 아침이 되었습니다.

항상 꽃나무가 풍기는 상쾌한 향기로 쌓인 피로를
씻어내던 벌들은 향기가 예전보다 옅어진 것을 느끼고는
조금씩 불만을 내뱉기 시작했습니다.
"우리 형제들이 목숨을 걸고 꽃나무를 지켜주었는데
치치포는 오히려 우리를 의심하고 있어."

"우리가 이런 얘기를 들으면서까지 여기에 있을 필요가
있을까? 저것 봐. 꽃향기도 점점 희미해져 간다고!"

"나도 자존심이 상해서 더 이상 참을 수가 없어."

"두고 온 벌집이 너무 그리워."

하지만 이런 불평에도 불구하고 여왕벌과 그녀를 위해
항상 충성을 다하는 병정벌들은 입을 지긋이 다물고
자신의 자리를 지켰습니다.
날이 다시 밝아오자 밤새 제대로 자지 못한 치치포는
피곤한 목소리로 말했습니다.

"이젠 모두 헤어져야 할 시간이네요.
날이 밝는 대로 저는 제 꽃나무를 가지고 떠나려 했어요.
정말로 나만을 사랑해 주고 나의 꽃나무를 맡기더라도
마음을 놓고 편히 밤을 보낼 수 있는 그런 친구를 찾아서
말이죠. 이젠 동물들도, 곤충들도 다 믿을 수가 없어요."

여왕벌도 이제는 지친 듯 나지막한 목소리를 말했습니다.

"치치포씨 꼭 이렇게까지 해야 하나요?
우리가 치치포씨를 믿고 지금까지 목숨을 걸고 싸웠는데
꼭 이렇게 해야만 하는 건지 모르겠네요.
분명 우리를 떠나게 된다면 짐승들이
그 꽃나무를 빼앗으려 들것이 분명하답니다."

"저도 불안해요. 하지만 여왕벌님과 같이 있는 것
역시 불안하기는 마찬가지인 걸요.
그리고 더 이상 제 꽃나무를 가지고 말하고 싶지 않아요.
저는 일초라도 빨리 이곳을 떠나고 싶다고요."
나무에 묶여 자는 척 하던 루마는
치치포와 여왕벌의 대화를 듣고는
입가에 작은 미소를 띠며 말했습니다.

"이제야 저 인간이 제 정신을 차렸군.
거기! 치치포라고 했나? 꽃나무를 지킬 수 있는 방법은
오직 이 벌떼들을 떠나는 것뿐이라고 충고해주고 싶네!
이제야 말이 통하는군."

치치포는 루마의 말이 끝나기도 전에
꽃나무 주변의 흙을 거둬내기 시작했습니다.

여왕벌과 우잉, 이잉은 아무 말도 하지 않은 채
그저 서둘러 땅을 파고 있는 치치포의 모습을
바라만 보았습니다.

치치포는 마치 무언가에 쫓기듯
두 손으로 열심히 땅을 팠습니다.
심지어 땅을 급히 파다가 꽃나무의
여린 뿌리 몇 가닥을 손톱으로 긁기도 했습니다.
온 몸은 땀에 젖었고, 두부 같이 보드라웠던
손은 흙과 돌에 긁힌 상처로 가득했습니다.
꽃나무를 다루는 치치포의 모습에서
더 이상 꽃나무를 향한 사랑은 찾아 볼 수 없었습니다.

그것은 마치 가지고 놀지도 않을 장난감을
단지 다른 아이에게 주기 싫다는 이유로
꽉 움켜쥐고 놓지 않는,
심술 가득한 아이의 모습 같았습니다.

치치포는 힘겹게 캐낸 꽃나무를 가슴에 품고
잘 있으라는 인사 한마디 없이
숲 반대편으로 달려가기 시작했습니다.

갑자기 변해버린 치치포의 행동에 벌과 나비 헤쿠바는
서운함을 감출 수 없었고 이제 막 정이 들었던
착한 몇몇 벌들은 눈물을 글썽이며
다급히 도망치는 치치포의 뒷모습을 바라만 보았습니다.

그때 루마가 끼긱끼긱대며 웃었습니다.
루마의 얄미운 행동을 본 홀랜드잉은
몰래 다가가 루마의 엉덩이에 벌침을 한방 쏘았습니다.

루마는 깜짝 놀라 소리를 지르며
나무에 묶인 체로 날뛰었습니다.
그로 인해 원숭이 루마를 묶고 있던 줄이
스르르륵 풀려 버렸습니다.

지난 날 치치포가 루마를 묶을 때 다른 벌들을
경계하는 데 정신이 팔려 제대로 묶지 못했던 탓이었습니다.
줄이 풀리자 루마는 이때가 기회다 싶어서
밧줄을 벗어 던지고 잽싸게 도망을 쳤습니다.

하지만 루마의 잽싼 행동과 달리 벌들 중에는
아무도 루마를 쫓지 않았습니다.
예전 같으면 용맹스럽게 루마를 따라가 벌침을 쏘았을
병정벌들도 어느 하나 루마를 따라가려 하지 않았습니다.

모두들 아침에 보여준 치치포의 행동에
충격과 심한 배신감에 휩싸여 있었기 때문입니다.
치치포의 행동으로 인해 싸워야 할 목적을
잃어버린 벌들에겐 이미 싸울 힘이 사라져 버린 뒤였습니다.

그때 치치포와 벌들을 조용히 지켜만 보던
헤쿠바가 나지막한 목소리로 말했습니다.
"여왕벌님.
부족하지만 제 생각을 한번 이야기해도 되겠습니까?"

여왕벌도 큰 실망감에 슬펐지만 차분하게 대답했습니다.

"물론이지요."

"치치포는 지금 큰 오해를 하고 있습니다.
그러나 이 오해는 오래 가지 않을 것입니다.
치치포의 마음은 어느 누구보다 순수하다는 것을
저는 알 수 있었습니다.
그렇기에 더 쉽게 믿고, 더 쉽게 상처 받는 것이지요.
그리고 치치포의 그 순수함은
반드시 다시 살아나게 될 것입니다.
하지만 그 때까지 우리가 옆에 있으면서
지켜주지 않는다면 치치포는 다시 위험에 처하게 될 것입니다.
그러니 처음 여왕님께 치치포와 가장 가까운
이잉과 우잉을 보내
치치포의 뒤를 따라가게 하는 것이 어떻겠습니까?
저도 우잉과 이잉을 도와 함께 가겠습니다."

여왕벌은 꽃나무가 심어져 있었던,
이제는 움푹 파여 볼품없는 땅을 바라보며 대답했습니다.

"그렇군요. 헤쿠바씨의 말이 맞을 겁니다.
함께 지낸 시간이 길지는 않았지만,
우리는 치치포씨가 누구보다 순수한 마음을
가지고 있다는 사실을 느낄 수 있었지요.
언제일지는 모르겠지만 치치포씨도
우리가 진정으로 그와 그의 꽃나무를 사랑한다는 것을
다시 믿게 될 날이 오겠지요.
그리고 어쩌면 헤쿠바씨의 말대로
끝까지 치치포씨를 지키는 것이
다시금 치치포씨가 마음을 돌리도록 하는
유일한 방법이 아닐까 합니다."

이야기를 마친 여왕벌은 위엄 넘치는
강한 날갯짓을 한 후 우잉과 이잉에게 말했습니다.

"우잉, 이잉!

너희들은 어리지만

지금까지 누구보다 용감한 모습을 보여주었다.

그리고 우리에게 치치포라는 순수한 친구를 소개해주었지.

치치포씨는 지금 너희들이 필요해.

그러니 조용히 치치포씨 뒤를 따라 가거라.

그리고 언제든지 위험한 일이 생길 것 같으면

이곳으로 달려와 우리에게 알리도록 해라.

우리는 이 싸움이 끝나는 날까지

여기서 자리를 지키고 있을 테니까 말이다.

그리고 헤쿠바씨! 그대의 지혜로

아직은 어린 우잉과 이잉을 잘 보살펴 주시기 바랍니다."

헤쿠바는 우아한 날갯짓을 하며

여왕벌에게 정중히 인사했습니다.

그리고는 우잉과 이잉을 데리고

급히 치치포의 뒤를 따라 떠났습니다.

한편 벌들을 떠난 치치포는
어디로 가야 하는 지도 알지 못한 채
그저 앞만 보고 달렸습니다.
꽃나무를 품에 안고 쉬지 않고
달려가는 치치포는 어느 새 지쳐 보였습니다.

치치포는 달리는 내내 불안한 표정으로
주변을 두리번거렸습니다.
그런 치치포를 금세 따라 잡은 우잉과 이잉은
멀찍이 떨어져 치치포의 모습을 지켜봤습니다.
마치 포식자에게 쫓기는 사냥감처럼
겁먹고 지쳐보였습니다.

우잉과 이잉은 그런 치치포의 모습이 안쓰러워
금방이라도 날아가 잠시 쉬어 가자고 말하고 싶었습니다.
하지만 냉철하고 경험 많은 나비 헤쿠바는 둘에게
자신을 따라 조용히 치치포를 지켜보기만 하도록 했습니다.

한참을 달려간 치치포는 어느 얕은 냇가에 다다랐습니다.

품안에 안고 있던 꽃나무는 뿌리부터

서서히 시들고 있었고

이전의 아름다움은 찾아 볼 수 없었습니다.

자신의 꽃나무를 바라보던 치치포는 혼잣말로 말했습니다.

"그렇게 아름답던 꽃나무 너도

이제는 더 이상 아름답지가 않구나.

더 이상 향기도 나지 않고.

너로 인해 나는 내 친구들을 모두 잃었어!

아름다웠던 추억들도 너로 인해 다 망가졌어.

아니 차라리 몰랐다면 모를까 네가 주었던 기쁨이

이제는 오히려 나를 더 슬프게 만들고 있어.

더 이상 너와 함께 하고 싶지 않아.

그러나 널 이대로 내버려두고 싶지도 않아.

그러니 여기 시냇가 옆에 심어 줄게.

하지만 더 이상 너를 지키진 않을 거야.

나는 내가 믿고 따를 수 있는 진정한 친구를 찾아 떠날 거야.

나를 속이지 않고 진정으로 내가 믿을 수 있는 친구 말이야.

이제 바람의 소리도 믿지 않을 거야.

생각해보면 그도 나를 속인 것이 분명해.

뭐 이제 다 무슨 소용이 있겠어.
꽃나무야. 이건 모두 너 때문이니까.
네가 나를 이렇게 만들어 놨으니까.
결국은 모두 너의 잘못이야.
그러니 내가 널 버리는 것은 당연한 거라고."

치치포는 가슴에 품고 있던 꽃나무를
시냇가 옆에 심어 주었습니다.
그리고 시냇가에서 두 손 가득 물을 떠
꽃나무에게 다섯 번을 연달아 주었습니다.
그러고 나서 가만히 꽃나무를 쳐다보던 치치포는
슬픈 얼굴로 이내 꽃나무를 등진 채로 떠났습니다.

자신도 알지 못하는 또 다른 길로, 정말 믿을 수 있는
친구를 찾아 또 다시 여행을 시작했습니다.

그러나 치치포의 얼굴에는 일말의 미소도
찾아 볼 수 없었고 그저 슬픔과 두려움만이 가득했습니다.

뒤를 쫓던 나비와 우잉, 이잉은 치치포가 떠난
꽃나무 위에 앉아 서로의 얼굴만 바라볼 뿐
아무 얘기도 하지 못했습니다.
치치포의 뒷모습이 더 이상 보이지 않게 되었을 때쯤
헤쿠바가 힘겹게 입을 열었습니다.

"이러고 있을 때가 아니야.
우리는 이 꽃나무를 지켜야 하지만 치치포도 지켜야 해.
상황이 더 어려워졌어. 그러니 용감한 이잉이
이 꽃나무를 잠시 동안만 홀로 지켜 줬으면 해.
우잉과 나는 치치포를 따라가다 치치포에게
위험한 일이 생겼을 때 지원군을 불러야하니까 말이야."

이잉이 대답했습니다.

"저 혼자서요?"

"그래 너 혼자."

280

"하지만 지금까지 우잉과 저는 떨어져 본 적이 없는걸요.
제가 꽃나무를 지키지 못하면 어떡하죠?"

"이잉아 우리는 혼자 있어도 절대로 혼자가 아니란다.
너도 이제 성숙했으니 두려울 때마다
바람의 소리에 귀를 기울여 보렴.
우리에게는 바람의 소리가 항상 함께 있단다."

"헤쿠바씨도 바람의 소리에 대해 아시나 봐요.
저는 말로만 들었지 한 번도 만나보지 못했어요."

"하하. 그렇다면 이번이 바람의 소리를 들을 수 있는 정말
좋은 기회가 되겠구나. 시간이 없다. 우리는 떠나야 해."

"예! 알겠어요. 바람의 소리라는 말만 들어도
용기가 생기는 것 같아요!
제가 이 꽃나무를 반드시 지키겠어요.

더 이상 아름답고 향기롭진 않지만 저는 이 꽃나무가 다시
살아날 거라 믿어요. 우잉! 치치포를 꼭 지켜주길 바라."

이잉과 우잉은 태어날 때부터 지금까지
한 번도 떨어져 본 적이 없는 친구이자 형제였습니다.
그렇기에 처음으로 서로에게서 멀리 떨어지게
된다고 생각하자 마음이 슬펐습니다.

하지만 둘은 다시 만날 때 더욱 강하고 멋있는
꿀벌의 모습으로 만날 수 있을 거라는 기대를 가지고
잠시 떠나 있기로 결심했습니다.
우잉이 남겨질 이잉을 보며 말했습니다.
"이잉! 너는 얼마든지 이 꽃나무를 지켜낼 수 있을 거야.
넌 누구보다 용감하고 모험심 강한 꿀벌이잖아.
가끔 문제도 일으키지만 말이야. 헤헤."

우잉은 애써 웃음을 지어 보였습니다.
그때 헤쿠바가 치치포가 사라진 방향을 바라보며 말했습니다.

"이러다 치치포를 놓치겠어. 서둘러 떠나야해.
이잉! 꽃나무를 잠시 부탁한다. 곧 돌아올게!"

"예! 제 걱정 마시고 빨리 치치포를 따라가세요!
이러다 놓치겠어요. 우잉 잘 다녀와!
그리고 그 동안 네가 함께 있어줘서 정말로 고마웠어!
돌아오면 선물로 고향 벌집에 숨겨 놓은
아카시아 수술을 너에게 줄게!"

그렇게 이잉은 어느 누구의 보호도 없이
홀로 남겨진 꽃나무 옆을 홀로 지키게 되었습니다.
그리고 헤쿠바와 우잉은 서둘러 치치포의 뒤를 쫓았습니다.
치치포 홀로 가는 여행은 외롭고 쓸쓸했습니다.
하지만 더욱 치치포를 힘들게 했던 것은
끊임없이 생각나는 친구들이었습니다.
홀로 심어놓고 온 꽃나무와 다정했던 꿀벌들,
지혜롭고 아름다웠던 헤쿠바와 용감한 메뚜기 위스컴이
머리 속에 계속 떠올랐던 것입니다.

하지만 치치포는 여전히 그들을 의심하고 있었고, 그래서
그들의 행동 하나하나에 대해 불평불만을 떠올렸습니다.
치치포는 목적지 없는 여행을 계속했습니다.

꽃나무와의 거리가 멀어지면 멀어질수록 아무 것도 의지할
것이 없다는 생각에 치치포의 마음속에는
어느 덧 바람의 소리를 듣고 싶다는
생각이 다시 자라나게 되었습니다.
바람의 소리라면 제대로 된 답을
줄 것만 같았기 때문입니다.

반면 바람의 소리가 꽃나무를 버려두고 온
자신에게 큰 벌을 내릴지도 모른다는 두려움도
마음속에 함께 자라났습니다.

Chapter 15.
블레이크와 용의 눈물

벌들에게서 도망친 루마가 허겁지겁
짐승들이 있는 곳으로 돌아왔습니다.

"왜 이제야 나타난 거야?"
"네 모습을 보니 또 벌들에게 당했거나
용황제님의 눈곱을 빼앗겼거나 둘 중 하나겠군!"

루마를 본 짐승들은 저마다 비꼬거나
심술을 부리기 시작했습니다.

하지만 루마의 얼굴에는 득의양양한 미소가 가득했습니다.
한참 루마를 비웃던 짐승들은 아무 말 없이 웃고만 있는
루마가 조금 이상하게 느껴졌습니다.
그리고 모두가 조용해지자 루마가 입을 열었습니다.

"내가 너희들이랑 같은 줄 알아?
지금 치치포는 용황제의 눈곱을 붙인 상태라고!
그리고 홀로 꽃나무를 가지고 도망치듯
벌들 곁을 떠나는 것까지 직접 확인했지.

그런 내가 너희들처럼 실패했다고 말할 수 있을까?

나의 날렵한 몸놀림 덕분에 치치포는 벌떼들뿐만 아니라

이상하게 생긴 나비도 의심하고

결국엔 그들을 떠나갔다는 말이지!

이제 더 이상 치치포를 보호해 줄 친구는 그 어디에도 없어!

우리는 홀로 떠난 치치포를 해치우고

그 꽃나무를 없애버리기만 하면 되는 거라고!

끼기긱끼기긱끼기긱~"

다른 짐승들은 루마의 말을 듣고는

아무런 대꾸도 하지 못했습니다.

루마는 나무를 오르락내리락 하며 우쭐해했습니다.

때마침 로이드가 하늘 위를 지나가면서

크게 소리를 질렀습니다.

"이 게으른 짐승들아. 치치포를 잡을 수 있는 기회가 바로

눈 앞에 있는데 그렇게 한가하게 노닥거리고만 있을 거야?

어서 나를 따라와!"

말을 마친 로이드가 하늘 높이 날아
어딘가를 향해 날아가기 시작했습니다.
네 짐승들은 꽃나무를 없앨 수 있다는 생각에 신이 나서
로이드의 뒤를 따라 달려갔습니다.

온갖 괴성을 지르며 달려가는 짐승들의 모습은
모처럼 신이나 보였습니다.
야네즈는 벌에게 쏘였던 기억을 회상하며 복수할
생각으로 신나게 달렸고,
메이즈는 자신의 유혹을 뿌리치도록 만들었던
재수 없는 나비 헤쿠바를 기억하며 신나게 달렸습니다.
루마는 여전히 자신이 한 일에 대해
우쭐해하며 신나게 달렸고,
블레이크는 지금까지 한 일은 없지만
마지막 꽃나무는 자신이 파괴해서 용황제님께
큰 상을 받아내고 말겠다는 생각으로 신나게 달렸습니다.

반면 치치포는 혼자만의 힘든 여행을 계속하고 있었습니다.
외롭고 힘든 여행 와중에 치치포는
자신의 힘든 마음과 지난 이야기를 들어줄
친구가 나타났으면 하는 마음이 가득했습니다.

하지만 동시에 아직 나타나지도 않은 그 친구까지도
혹시나 자신을 해치려는 게 아닐까 하며 의심했습니다.
그리고 앞으로는 영원히 자신에게 진정한 친구가 생기지
않는 것이 아닐까 하는 두려움마저 생겨나기 시작했습니다.
짐승들은 까마귀의 인도에 따라 한참을 달려갔습니다.
그런데 까마귀가 갑자기 가던 길을 멈추고
큰 원을 그리더니 짐승들이 달려오고 있는
앞쪽 땅 위로 내려왔습니다. 그리고는 사뿐히
블레이크의 머리 위에 앉은 채로 말했습니다.

"이제 어떻게 된 일이지.
꼬마 녀석에게서 꽃나무가 보이지 않아."

블레이크가 놀라서 말했습니다.

"뭐라고! 그럼 도대체 누굴 따라 온 거야!"

"조용히 하지 못해. 치치포는 있는데 꽃나무가 없다고.
어디에 숨겨 놓고는 도와줄
누군가를 찾고 있는 것 같단 말이야."

그러자 메이즈가 말했습니다.

"흠. 그렇다면 꽃나무를 찾을 때까지
치치포를 공격하면 안 된다는 소리잖아.
치치포를 먼저 해치웠다가 만약 꽃나무가 있는 위치를 찾아
내지 못한다면 그것 또한 골치 아픈 일인걸.
게다가 지금은 그 더러운 냄새도 더 이상 나지 않고 말이야!
산 넘어 산! 강 건너 강! 야네즈 넘어 블레이크네!"

블레이크가 화난 목소리로 말했습니다.

"그게 무슨 소리야! 아무튼 우리를
여기까지 데리고 와 놓고 이제와서 참으라는 거야?
나는 그렇게 못하겠는데!"

루마가 말했습니다.

"하지만 우리의 진정한 목적이 꽃나무라는
사실을 잊어선 안 돼.
자칫 꽃나무에서 다시 향기가 나기라도 한다면
그리고 그걸 용황제님이 알게 된다면 그 때는 정말
용황제님의 한 끼 식사가 되어야 할지도 모른단 말이야!
무턱대고 치치포를 없애는 건 바보 같은 짓이야.
적어도 꽃나무를 찾기 전까지는 말이야!"

로이드가 고개를 끄덕이며 말했습니다.

"역시 루마의 머리가 너희들 중에는 가장 쓸 만하군."

그리고 말을 계속 이었습니다.

"지금까지 치치포를 한 번도 공격하지 않은
블레이크가 이 일을 마무리 지이어야겠어.
그리고 우리에겐 아직 용황제님의 눈물이 남아 있으니
그걸 가지고 작전을 짜면 꽤 괜찮은
계획을 세울 수 있을 것 같은데."

루마가 말했습니다.

"눈물이 어떤 효과가 있는지는 아무도 모르잖아."

"나 이 까마귀 중의 까마귀, 최고의 책사 로이드는
용황제님의 옆에서 오랫동안 일했지.
그리고 그런 내가 확실히 아는 사실은 용황제님께서
하사하시는 것 중 그 어느 것도 이로운 것은 없다는 거야.
그러니 걱정 말고 치치포에게
그걸 먹일 방법만 찾으면 된다고. 음. 그래!
우선은 치치포를 타일러서 꽃나무의 위치를 알아 내 봐.

그리고 이 작전이 먹히지 않으면 강제로 용황제의 눈물을
먹여 버리겠다고 겁을 주라고!"
그러자 멧돼지 야네즈가 혀를 날름거리며 말했습니다.

"내가 먹어볼게! 안 그래도 목말라 죽을 것 같아."

옆에 있던 블레이크가 큰 앞발을 들어
야네즈의 엉덩이를 후려쳤습니다.

"돼지 같은 놈! 정말 욕심 많은 돼지 같은 말만 하는구나!"

블레이크가 앞발을 휘두르느라 몸을 흔들자 블레이크
머리 위에 있던 로이드가 중심을 잃고
땅바닥으로 철퍼덕 하고 떨어졌습니다.
바닥에 나뒹굴게 된 로이드의 등판이 먼지가 묻어
하얗게 변해버렸습니다.

그 결과 로이드는 앞은 새까맸지만 뒷모습은 비둘기같이
하얘 우스꽝스러워졌습니다.

로이드는 날개로 퍼덕퍼덕 먼지를 털며 말을 이었습니다.

"흠. 흠. 그만 싸우고. 내말 잘 들어.
치치포는 지금 블레이크를 한 번 밖에 보지 못했지만
동물 중 가장 힘이 세다는 것만큼은 잘 알고 있어.
그러니 그걸 반대로 이용 하는 거야!
바로 '연민'의 마음을 이용 하는 거지! 따라해 '연민'!"

"연민!"

이미 로이드의 따라해 라는 말에 익숙해진
짐승들은 한 목소리로 '연민'이라고 힘차게 외쳤습니다.

하지만 그 뜻을 모두 아는 것은 아니었습니다.
야네즈가 다른 짐승들 몰래 메이즈에게
낮은 목소리로 물었습니다.
"근데 연민이 뭐야?"

메이즈는 한숨을 쉬더니 대답했습니다.

"너 고여 있는 맑은 물에 네 모습 비춰 본적 있지?
그때 무슨 생각이 들었니?"

"음. 그때 너무 못생겼고,
불쌍하기도 하면서 뭔가 속에서 울컥하는 그런 느낌."

"그게 바로 연민이야. 이제 이해가 되니?"

"아! 그렇구나!"

지켜보던 짐승들은 혀를 차며 고개를 설레설레
흔들었습니다. 그리고 메이즈가 말했습니다.

"그러니까 로이드 네 말은 블레이크가 연약한 모습으로
치치포에 다가가라는 거지?"

"그렇지. 블레이크가 가서 울먹이며 이렇게 말 하는 거야.
나는 내 친한 친구 여우, 원숭이, 멧돼지를 모두 잃었어.
나는 외톨이가 되었고, 용황제님도 너의 꽃나무를 없애지
못한 나를 잡아먹겠다고 하셨어. 너무 무섭고 힘들어.
이런 식으로 말이지. 까악까악~."

들고 있던 블레이크가 갑자기 화를 내며 말했습니다.
"동물의 왕 이 사자 블레이크를 보고 불쌍한 척을 하라고!
말도 안 되는 소리 하지 마!"

루마가 키득키득 웃으며 말했습니다.

"블레이크! 네가 정 싫다면 네가 제일 먼저 용황제님의
한 끼 식사가 되는 게 어때.
아마 우리 중에 가장 힘이 세니 먹을 것도 많을 테지.
어쩌면 널 드시고 난 뒤에 배가 불러서
우리는 잡아먹지 않으실 지도 모르겠군."

메이즈가 블레이크의 털을 핥아 주며 말했습니다.

"이번 한번만이야~ 네가 비록 불쌍한 척을 하더라도
너는 여전히 우리 중에서 가장 힘이 센 동물이라고."

블레이크는 루마의 말에 기분이 상했다가
메이즈가 한 말에 다시 우쭐해져서 말했습니다.

"그렇지. 이건 작전일 뿐이지!
내가 힘이 약한 게 아니고 그냥 약한 척 하는 것 뿐이잖아!
너희들을 위해 내가 한번 희생해주겠어.
하지만 이번 일은 누구에게도 소문내지 말도록 해.
만약 소문만 났다고 하면 용황제께 먹히기 전에
곧장 내 한 끼 식사로 잡아먹어 버릴 테니까!"

로이드가 말했습니다.
"자 다들 조용히 하고.
블레이크 너는 지금 당장 울면서 치치포에게 다가가.
그리고 아까 내가 말 한 대로 치치포에게 말해.
꼭 꽃나무의 위치를 알아내야 해!"

"알았어. 음. 근데 어떻게 울지?
난 지금까지 태어나서 한 번도 울어 본적이 없는데."

블레이크의 말이 끝나기가 무섭게 야네즈가 있는 힘껏
뒷발질로 블레이크의 엉덩이를 걷어찼습니다.

블레이크는 순간 숨이 멎는 듯한 고통을 느꼈습니다.
너무 아파 눈앞이 노래졌고,
심지어 비명소리조차 내지 못했습니다.
그리고는 바닥에 앉아 엉덩이를 땅에 비비며
엉엉 울기 시작했습니다.

그 모습을 본 다른 짐승들은
우스운 나머지 마구 웃었습니다.
야네즈는 사자를 울린 첫 번째 동물이 되었고
이후에도 자신의 새끼 멧돼지들에게 사자를 울린 첫 번째
동물이 네 아버지라며 자랑했다고 합니다.

블레이크는 아픈 엉덩이를 붙잡고 엉엉 울며
치치포가 있는 방향으로 걸어가기 시작했습니다.

"어? 어디서 나는 울음소리지?
나와 같이 슬픈 사람이 또 있는 건가?"

이미 외로운 마음에 지쳐 있던 치치포는 어디선가
나는 울음소리에 주변을 두리번거렸습니다.
그리고 저기 멀리서 덩치 큰 사자 한 마리가 자신을 향해
울며 걸어오고 있는 것을 발견했습니다.

그러나 여전히 의심의 눈곱이 치치포의 눈꺼풀 위에
붙어 있었기 때문에 치치포는 슬피 울며 걸어오는
사자조차도 의심하기 시작했습니다.
"저 사자가 또 나를 헤치려고 우는 척을 하는구나."

그런 생각이 들자 치치포는 몹시 두려워졌습니다.
사자가 점점 더 가까이 다가올수록 두려움도 커져 이내
온몸이 부들부들 떨릴 지경에까지 이르렀습니다.

그리고 사자에게 잡아먹힐지도 모른다는 생각이 들자
치치포는 마음속으로 바람의 소리를 부르기 시작했습니다.
아주 간절한 마음으로 말입니다.

그러자 갑자기 온몸을 감싸고 있던 두려움을 씻어서 날려
주는 시원한 바람이 불어오기 시작했습니다.
치치포는 예전의 기억을 되살려 바람에 집중하기 시작했고
얼마 안 있어 아주 미세한 음성이 들리기 시작했습니다.

"치치포야. 치치포야. 내 말을 들으렴."

잊고 있던 바람의 소리를 듣게 되자 치치포에게 가장 먼저
든 생각은 꽃나무를 버리고 떠난 자신을 혹시나 바람의 소
리가 탓하지 않을까 하는 것이었습니다.
이내 바람의 소리를 듣는 것이 두려워졌습니다.

하지만 바람의 소리를 잊어버리려 눈을 뜨고 고개를 들면
이제는 더욱 가까이 다가온 사자가 보였습니다.
치치포는 차라리 바람의 소리에게 혼이 나는 것이
낫겠다는 생각이 들었고 다시 온 집중을 다해
바람의 소리를 들으려 애를 썼습니다.

그러자 다시 바람의 소리가 점점 커지기 시작했습니다.
그리고 어느 순간 다시 한 번 폭포수가 쏟아지는 듯한
음성이 치치포의 귀에 울렸습니다.
"치치포야. 너의 눈에 더러운 것이 묻어 있구나.
내가 비를 내려 줄 테니 네 눈을 씻으렴."

"하지만 저는 너무 무서운 걸요. 지금이라도 저 사자가 달려
들어 저를 물어버리면 저는 어쩔 방법이 없어요."

"걱정 말거라. 저 사자는 너를 해치지 못한단다."

처음에는 혹시라도 꽃나무에 대해 물어보면 어쩌지 하고
걱정했던 치치포였지만 바람의 소리는
그런 치치포의 마음을 아는 건지 꽃나무에 대해서는
한마디도 물어보지 않았습니다.

오히려 자신의 눈가에 더러운 것이 묻어 있다며
걱정해주는 바람의 소리를 듣게 되자 치치포는
걱정과 의심이 한 번에 사라지는 것을 느꼈습니다.

그리고 갑자기 흙냄새가 강하게 코를 스치고,
잠시 후 하늘에서 느닷없이 비가 내리기 시작했습니다.
하늘에는 구름 한 점 없었지만 어디선가 날아온 빗줄기가
치치포의 몸을 적시기 시작했습니다.
"치치포야. 하늘을 바라보아라.
그리고 네 눈을 빗물에 씻거라."

치치포는 바람의 소리 말대로
고개를 하늘을 향해 들었습니다.

그리고 두 손으로 눈두덩을 천천히 어루만졌습니다.
그러자 손끝에 뭔가 단단한 것이 느껴지는 것 같았습니다.
그리고 그것은 이내 빗물과 함께 아이스크림이 녹듯이
사르륵 녹아 내려 버렸습니다.

치치포는 뭔가 씻겨 나간 것처럼
눈가가 시원해지는 것을 느꼈습니다.
그리고 동시에 눈 뿐만 아니라 마음속에 자리 잡고 있던
단단하고 묵직한 무언가도 같이 사라져
마음이 한결 가벼워지는 것을 느꼈습니다.

하지만 그 묵직한 무언가가 사라지자
그 아래 깔려 있던 기억들,
자신이 상처주고 떠나온 이잉과 우잉, 여왕벌과 홀랜드
그리고 위스컴과 헤쿠바에 대한 미안한 감정들이
샘처럼 솟아났습니다.

그리고 무엇보다도 치치포의 마음을 아프게 한 것은
시냇가에 버리듯 내팽개쳐 놓은 꽃나무였습니다.

치치포는 꽃나무를 생각하자 엉엉 눈물이 났습니다.

때마침 그 때 블레이크가 치치포의
바로 옆까지 다가와 있었습니다.
블레이크는 자신이 옆에 가자마자 갑자기 울기 시작하는
치치포를 이상한 듯이 쳐다보았습니다.

블레이크는 이유도 모른 채 그저 한참을 같이 울었습니다.
치치포는 처음에 블레이크가 두려웠지만 바람의 소리가
사자가 자신을 해치지 않을 거라고 했던 말을 기억하며
도망가지 않았습니다.

오히려 서글픈 마음에 휩싸인 치치포는 같이 울고 있는 블
레이크를 끌어안고 더욱 심하게 울기 시작했습니다.
블레이크는 더 이상 눈물이 나오지 않았을뿐더러
자신을 두려워하지 않고
오히려 끌어안은 치치포의 행동에 당혹스러웠습니다.

하지만 어쩔 수 없이 자신도 소리 내어 우는 척을 했습니다.
한참이 지나고 드디어 치치포가
울음을 그치고 훌쩍이며 말했습니다.
"사자야. 나는 정말 나쁜 사람이야."

뜬금없는 치치포의 말에 블레이크는 당황하며 말했습니다.

"너는 내가 무섭지 않니?"

"아니. 무섭긴 한데. 네가 나를 해칠 수 없다는 것을 알아."

블레이크는 더 당황하며 말을 이었습니다.

"어떻게? 아니 이게 아니지. 아무튼 너 치치포라고 했나?"

"응. 나는 치치포야. 너는 이름이 뭐니?"

"나는 블레이크야."

"그렇구나. 블레이크. 그런데 너는 왜 울었니?"

"나도 너무 슬퍼서 울었어. 나는 내 친구 모두를 잃었거든.
너와 함께 있던 벌들과 싸우다가
모두들 어디론가 사라져 버렸지.
그리고 며칠이나 지났는데도 나타나지 않아서
이렇게 나는 혼자가 되어버리고 말았어.
그리고 언젠가 너의 꽃나무 때문에
나 또한 용황제에게 잡아먹혀버리고 말 거야."

치치포는 왠지 미안한 마음이 들어
무슨 말을 해야 할지 몰랐습니다.
블레이크가 꽃나무를 없애기 위해
연기를 하고 있다는 사실을 전혀 몰랐고,
지금 치치포의 마음속에는 그저 자신이 배신한 꽃나무와
친구들 그리고 바람의 소리에 대한
미안함만 남았기 때문에 슬퍼졌습니다.

"블레이크 너에겐 미안한 일이지만 어쩔 수 없었어.

안 그랬으면 너희들이 나의 꽃나무를 없애 버렸을 거야.

그 꽃나무는 너무나 소중해서 나를 비롯해

모든 곤충들이 사랑했고 우리 모두의 행복이었어.

그리고 무엇보다도 나는 바람의 소리와 약속했기 때문에

꽃나무를 지킬 수밖에 없었어.

그렇다고 너무 걱정하지 마.

떠나간 네 친구들도

결국 네 곁으로 돌아올 거고 너도 무사할 거야."

블레이크는 치치포의 말을 듣고

한 가지 좋은 생각이 났습니다.

어쩌면 치치포에게 용의 눈물을 마시게 할 수도

있을 것 같았습니다.

그러자 다시 한 번 흐느끼며 어설픈 연기로 말했습니다.

"그렇구나. 치치포.

네 말대로 되었으면 좋겠다.

하지만 언제 나의 친구들이 내 곁에 돌아올지 알 수 없어.

그리고 설사 돌아온다고 해도 그들은 이전과 같이 좋은

친구로 내게 남아있지 않을 거야. 그들은 내가 혼자 도망쳤
다고 생각하고 나에게 배신감을 느끼고 있을 지도 몰라.
난 지금 너무 외롭고 힘들단다.
치치포 너라도 나의 친구가 되어주지 않겠니?"

치치포는 잠시 고민했습니다.
블레이크는 지금까지 자신을 공격하고 꽃나무를 없애려
했던 짐승들과 계속 함께 다녔습니다.
따라서 블레이크 역시 당연히 자신의 꽃나무를 해치려는 것
으로 생각했는데 그게 아니라는 식으로
이야기하고 있는 것이었습니다.

치치포는 사자가 절대 자신을 해치지 않을 거라는
바람의 소리를 기억하며 조심히 입을 열었습니다.

"친구가 되어줄 수는 있지만
다시는 내 꽃나무를 해치지 않겠다고 약속해야만 해.
그리고 나뿐만 아니라 나의 친구들도 마찬가지로.
그렇다면 너와 나는 친구가 될 수 있을 거야."

"물론이지."

"자 그럼 이제 우리 친구가 된 거네!"

"잠깐! 우리 사자들은 친구가 되는 것을 기념해서
이걸 함께 나눠 마신단다."

사자는 이때가 기회다 싶어
용의 눈물을 슬며시 꺼냈습니다.
원래 순수했던 치치포는, 이제 용의 눈곱까지
막 떼어낸 상태였기 때문에 이전보다
훨씬 더 사자의 말을 쉽게 믿게 되었습니다.

게다가 오랫동안 아무것도 먹고 마시지 못한 채로 혼자
여행을 해왔기 때문에 목까지 너무 말라 있었습니다.

치치포는 새로 사귀게 된 친구인 블레이크의 말에
아무런 의심도 없이 용의 눈물을 받아 들고
벌컥벌컥 마시기 시작했습니다.

용의 눈물이 든 병은 금세 바닥을 드러냈습니다.
그 맛은 짭짤하고 씁쓸했습니다.
너무 목이 말라 자신도 모르게 용의 눈물을
거의 다 마셔 버린 치치포는 머쓱한 표정이 되어 남은
용의 눈물을 사자에게 건네며 말했습니다.

"미안해. 마시다 보니 혼자 이렇게 많이 마셔 버렸어.
너도 목이 마를 텐데 좀 마시렴."

"아니야. 나는 괜찮아.
우리 사자는 물 한 방울 안 먹고도 오래 버틸 수 있거든.
아무튼 너는 이제 나의 친구가 된 거야. 하하하하하."

한편 이 모습을 숨어서 지켜보고 있던 우잉과 헤쿠바는
치치포가 크게 걱정이 되었습니다.

그들은 용의 눈곱이 떨어진 것을 알지 못한 탓에

제때 나서지 못하였고,

지금 치치포를 돕겠다고 나섰다가는

오히려 치치포가 위험에 빠질지도 모른다고 생각했습니다.

그래서 헤쿠바는 우잉을 여왕벌에게 보내

이 소식을 알리도록 했습니다.

용의 눈물인지 모르고 마셨던 치치포는

갑자기 마음 한구석에 슬픔이 차오르는 것을 느꼈습니다.

그러나 이 슬픔은 친구들과 꽃나무를 의심하고 떠나와서

생겼던 슬픔과는 전혀 다른 슬픔이었습니다.

이전엔 생각해 보지 않았던 수많은 생각들이 치치포의

머릿속을 가득 채우며 생겨난 슬픔이었습니다.

자신이 태어나서 겪은 이 모든 싸움들이

모두 자신의 탓인 것만 같았습니다.

치치포는 자신이 꼭 죄인이 된 것만 같았습니다.

"블레이크! 내 마음이 왜 이렇게 갑자기 슬퍼지는 걸까?

아까보다 더욱 슬퍼.

그냥 내가, 나 자신이 너무 미워지려고 해. 모든 문제가,
동물들과 곤충들과의 싸움까지 모두 꼭 나로 인해 생겨난
것만 같아."

블레이크는 무슨 말을 해야 할지 몰랐습니다.
용의 눈물의 효력이 어떤 것인지
본인도 몰랐기 때문입니다.
그저 용의 눈물을 마신 치치포에게 크고 위험한 일이
일어나길 기대하고 있었을 뿐이었습니다.

사실 짐승들은 용의 눈물이 어떤 무서운 독과 같은
것이어서 치치포가 그걸 마시게 되면
굉장히 괴로워할 것이라고 생각했었습니다.
그러니 독을 마시고 괴로워하는 치치포에게
꽃나무의 위치를 물어볼 생각이었던 블레이크는 막상 거의
한 병을 다 마신 치치포가 의외로 멀쩡해 보이자
오히려 자신이 답답해 죽을 것만 같았습니다.

그래서 당장이라도 치치포를 없애 버릴까 생각도 했지만,
꽃나무의 위치를 알아내야 한다는 생각에
참고, 참고 또 참았습니다.
블레이크의 속 마음이 그런 줄도 모르고 치치포는
슬픈 표정으로 말을 이었습니다.
"모두가 내 잘못이야. 내가 생겨나지 말았어야 했어.
내가 생겨나서 꽃나무도 자란 거고 꽃나무 때문에 잘 지내
고 있던 꿀벌들도 싸움에 끌려 들어온 것이었어.
내 꽃이 없었다면 블레이크
너도 친구들을 잃지 않았을 것 아냐.
내가 문제라고. 내 자신이 미워.
어떻게 해야 할지 모르겠어.
너희들 모두에게 미안하고 이 동산의 모든 평화를
내가 깨뜨려 버린 것만 같아.
모두 다 나 때문이야."

블레이크는 용의 눈물이 어떤 효과를 가져 오는지는
알 수 없었지만 치치포의 마음이 점점 꽃나무를
떠나고 있다는 사실만은 알 수 있었습니다.

치치포가 또 다시 말했습니다.

"이대로는 안 되겠어. 모두를 위해 아무래도
내 꽃나무를 내 손으로 없애 버리겠어.
그리고 나도 이곳을 떠날 거야.
더 이상 이곳에 있을 수 없어.
더 이상 이 동산의 평화를 깨고 싶지 않아.
꽃나무는 여전히 아름답고, 소중하지만 더 이상
나는 이렇게 싸우고 싶지 않아.
블레이크! 나는 이만 가봐야겠어.
꽃나무를 없애러 말이야."

블레이크는 치치포가 직접 꽃나무를 없애버리겠다는 말을
하자 순간적으로 당황했습니다.
그리고 마음속에 이런 생각이 들었습니다.
'아니, 그러면 안 되는 데.
꽃나무를 없애는 것은 바로 나여야 해.
그래야 내가 영웅이 될 수 있다고.

일단 저 인간 놈을 따라가 꽃나무를 발견하게 되면 그때 꽃나무든 치치포든 다 없애 버려야겠어.'

블레이크가 치치포에게 말했습니다.

"내가 같이 가줄게. 우리는 친구가 됐으니 끝까지 함께 해야 하는 것이 당연한 거야."
"네 마음대로 해. 어쨌든 나는 꽃나무만 없애고 너희들을 떠날 테니까.
내가 곁에 있으면 너희들도 모두 불행해질 뿐이야.
난 너희들과 함께, 여기 있을 자격이 없어."

그렇게 말한 치치포는 시냇가에 심어 놓은 꽃나무를 향해 무거운 발걸음을 내딛었습니다.

블레이크는 그런 치치포의 옆에 붙어 조용히 뒤를 따라 갔습니다.
아무도 눈치 채지 못했지만 블레이크의 입가에는 차가운 미소가 걸려 있었습니다.

Chapter 16.
꽃나무를 향하여

"여러분 거의 다 왔어요. 바로 이 숲 속에 바람의 소리가
전해준 치치포와 꽃나무가 있습니다.
조금만 더 힘을 내세요."

위스컴은 수많은 메뚜기들을 모아
숲의 입구까지 왔습니다.
처음 고향으로 돌아가 모두에게 치치포와 꽃나무에 대해
이야기 했을 때는 아무도 믿으려 하지 않았습니다.

어른 메뚜기들은 위스컴의 이야기를 그저 나이 어린
장난꾸러기의 거짓말이라고 치부해버렸습니다.
이제 막 부모의 보호에서 벗어나 높이뛰기를 배운
어린 메뚜기에게 전설로만 내려오는
바람의 소리가 들렸을 리 없다고 생각했기 때문입니다.

메뚜기들은 바람의 소리가 나이와 경험이 풍부하며,
메뚜기 일족을 인도 할 수 있는 위대한 지도자들에게만
들린다고 생각했기 때문입니다.

위스컴은 온 마을을 돌아다니며 바람의 소리가 자신에게
부탁한 이야기가 있다며 소리치고 다녔지만,

아무도 들으려 하지 않았고 듣는다 해도
오히려 장난으로 넘겨 버렸습니다.
메뚜기를 한 마리도 설득시키지 못한 위스컴은
실망한 모습으로 집으로 들어왔습니다.
항상 밝았던 아들의 얼굴에 슬픔이 드리워져 있자
위스컴의 아빠가 물었습니다.
"어디를 그렇게 다녀오니?
얼굴을 보니 뭔가 좋지 않은 일이 있었구나?"

"아빠. 왜 사람들은 제 말을 믿지 못할까요?"
"무슨 일이 있었나 보구나?
무슨 이야기를 해주었는데 그러니?"

"저는 높이뛰기 연습을 하러 동산 기슭 풀밭으로 갔어요.
그 곳에서 치치포라는 인간을 만났고, 그 인간과 함께
있을 때 바람의 소리를 들었어요.

그리고 그 바람의 소리가 저에게 말했죠.
모든 메뚜기들을 불러서 치치포를 도와주라고요.
그리고 꽃나무를 지켜 내라고요."

"정말 바람의 소리를 들었니?"

위스컴은 한숨을 깊게 내쉬더니
한참을 잠잠히 있다가 말했습니다.

"역시 아빠도 제 말을 못 믿으시는 군요?"

"아니란다. 위스컴,
네가 들은 바람의 소리에 대해 자세히 설명해 주려무나."

위스컴은 어떻게 치치포를 만났는지,
그리고 바람의 소리를 어떻게 듣게 되었는지 손짓발짓을
해가며 자세히 설명했습니다.

위스컴의 아빠는 이전부터 메뚜기들 사이에서 용감하고
지혜로운 여행가로 명성이 자자한 모험가였고,
이제는 메뚜기들을 이끄는 최고 지도자 중 한 명이었습니다.
게다가 그는 실제로 바람의 소리를 들은 경험이 있는
몇 안 되는 메뚜기 중 하나였습니다.

그렇기에 위스컴이 바람의 소리를 듣게 된 과정을
자세히 듣고 나자 위스컴의 말이 가짜가 아니라는 것을
알 수 있었습니다. 이야기를 모두 들은 아버지는 제자리에
서 팔짝 팔짝 뛰며 말했습니다.
"네 말을 믿고 말고! 네 눈을 보면 알 수 있단다.

넌 지금 거짓말을 하고 있지 않다고 말이야.
역시 내 아들이구나!
장하다. 이제는 너도 다 컸구나. 너는 메뚜기들 중에서
위대한 지도자가 될 거야!
아빠가 같이 나가서 이야기 해 줄 테니 걱정하지 말고 너는
바람의 소리가 해줬던 말을 그대로 나에게 알려다오!
아빠가 네 옆에서 계속 힘을 줄 테니 말이다.

설사 그들이 네 말을 믿지 않는다고 해도 신경 쓰지 말거
라. 네 마음이 진실하다면 언젠가는 다들 믿게 될 테니까.”

“정말 아빠는 내 말을 믿는 건가요?”

“그렇다니까! 시간이 없다고 하지 않았니? 빨리 나가자꾸나.
메뚜기들을 모아서 치치포라고 하는 인간을 도우러 가자꾸나.
우리 동산에도 언젠가 이런 일이 생길 줄 알았는데
그게 내 아들을 통해 전달이 되다니.
하하하”

아빠 메뚜기는 감격한 듯 눈물마저 보이며 위스컴보다
더욱 신이 나서 마을로 뛰어 나갔습니다.
그 모습을 지켜본 위스컴은 다시 한 번 용기를 얻어 아빠를
따라 밖으로 다시 나왔습니다.

그리고 바람의 소리가 말한 대로 외치기 시작했습니다.
"여러분! 바람의 소리가 저에게 말했어요. 모든 메뚜기들
이 힘을 합쳐 인간을 돕고 꽃나무를 지켜 내라고요!
지금 당장 우리는 인간을 도우러 가야 합니다!"

처음에는 들으려고 하지 않았던 메뚜기들도 주변의 시선에
상관없이 자신 있게 외치고 다니는 위스컴과
그들이 존중하는 위스컴의 아버지가 함께 소리치는
모습을 보고는 하나 둘씩 관심을 보이기 시작했습니다.

그렇게 점점 위스컴의 말에 관심을 보이는 메뚜기들이 늘어
나더니 끝내 마을의 모든 메뚜기들이 마을 중앙 잔디밭에
모여들게 되었습니다. 그리고 마침내 잔디밭에서
아빠 메뚜기이자 위대한 모험가 메뚜기의 자신감 넘치는
이야기를 듣고는 저마다 가슴이 뜨거워지기 시작했습니다.

이 동산을 위한 일에 우리 메뚜기들이 선택 받았다는
사실에 모두가 자랑스러움을 느꼈습니다.
결국 바람의 소리가 위스컴에게 말한 대로 치치포가
머물고 있다는 그 숲을 향해 다 같이 길을 나서게 되었습니다.

위스컴이 일족을 데리고 길을 나선 지 며칠이 지나고,
이제는 엄청난 숫자로 불어난 메뚜기들이 치치포와 위스컴이
처음으로 몸을 숨겼던 숲에 도착하게 되었습니다.

끝도 없이 이어지는 메뚜기 군대의 그림자가
마치 끊임없이 해변으로 넘어오는 파도 같았습니다.
그리고 그 메뚜기 군대의 맨 앞에는 이제 막 높이뛰기
훈련을 마친 어린 메뚜기 위스컴이 아버지와 다른 11마리의
위대한 메뚜기 지도자들과 함께 서 있었습니다.
긴 여행 끝에 메뚜기들은 치치포가
머물렀던 숲에 도착했습니다.
하지만 그곳엔 이미 꽃나무가 있었던 흔적만 남아 있을 뿐
아무것도 보이지 않았습니다.

몇몇 메뚜기들은 우리가 어린 위스컴에게 속은 것이라고
불평하기 시작했습니다.

그러자 그 불평소리에 조용했던 다른 메뚜기들도
하나둘씩 불평을 쏟아내기 시작했습니다.
불평은 불이 번지듯이 순식간에 퍼져 나가기 시작했습니다.

당황한 위스컴은 어찌 할 바를 몰랐습니다.
메뚜기들에게 무엇이라도 이야기를 해주어야 했지만
이제 막 도착한 숲에는 치치포도, 꽃나무도 없었기에
도대체 무슨 말을 해야 할지 몰랐기 때문입니다.

바람의 소리라도 말을 걸어 준다면 일이 해결되겠지만
숲속에는 바람의 소리는커녕, 바람 한 점 불지 않았습니다.
위스컴이 난감함에 진땀을 흘리고 있는 그때 주변에
숨어서 메뚜기들을 지켜보고 있던 벌들이 하나둘
메뚜기 떼를 보고 몰려나오기 시작했습니다.

벌들은 엄청난 숫자의 메뚜기 떼를 보고 놀라
숨어 있었던 것이었습니다.
벌들 사이로 여왕벌이 위엄 있는 모습으로 걸어 나왔습니다.

메뚜기들과 벌들은 어느 덧 마주보고 서있었고 시끄럽게
떠들던 모든 메뚜기들은 여왕벌의 위엄에
아무 소리도 내지 못하고 입을 다물었습니다.
양쪽이 침묵으로 일관할 때
여왕벌이 제일 앞에 있던 위스컴에게 물었습니다.

"어떻게 오셨습니까?"

위스컴은 너무나 떨렸습니다.
자신의 위치가 메뚜기들 중에 제일 앞에 서 있어서
마치 자신이 메뚜기들을 대표하는 것처럼 비춰졌다는
사실도 당황스러운 데, 때 마침 지위가 높은 여왕벌이
자신에게 직접 대화를 걸어왔기 때문입니다.

"우리는..... 바람의 소리... 그러니까.. 제게 해주었던
그 말대로 인간.... 그 치치포라는 친구와 꽃나무를
돕고자 왔습니다."

위스컴은 자신이 선 자리가 부담스러워 말까지 더듬었습니다.
하지만 옆에서 든든하게 버티고 자신에게 미소를 보내고
있는 아버지의 모습에서 조금씩 용기를 얻었습니다.

위스컴의 목소리는 점점 커지고 또박또박해져 갔습니다.
진실한 말은 언젠가 모두가 믿게 된다는 말처럼, 처음에는
관심이 없었지만 결국엔 메뚜기들이 자신을 믿어주었던
경험이 큰 힘이 된 것이었습니다.

"못된 짐승들이 인간과 그의 꽃나무를 해치려 하고 있습니
다. 저희는 그것을 막기 위해 여기까지 왔습니다.
바람의 소리가 전해준 말을 지키기 위해서고,
또 우리 모두가 이 동산의 주인이기 때문입니다."

위스컴의 거침없는 말솜씨에 뒤에서 지켜보던 수많은 메뚜기들은 놀라지 않을 수 없었습니다.
여왕벌도 어린 위스컴의 그런 당당한 모습에
큰 미소로 보답했습니다. 그리고 말했습니다.

"대단한 용기를 가지셨군요. 하지만 이미 치치포씨는
꽃나무를 가지고 어디론가 사라져 버렸습니다.
저희들도 목숨을 다해 짐승들과 싸웠지만
치치포씨는 갑자기 저희들을 의심하기 시작했고,
끝내 아무도 믿지 못하겠다며 이곳을 떠나 버렸습니다.
저희도 답답할 뿐입니다."

"네? 치치포가 떠나버렸다고요?!"

"맞습니다. 치치포씨는 우리가 꽃나무를 빼앗으려한다고
생각하곤 꽃나무를 캐내 혼자 떠났답니다."

"그럴 리가 없어요. 잘못하다가는 꽃나무가 시들어버릴지도
모르는데.. 치치포가 꽃나무를 얼마나 사랑하는데요.
절대로 그럴 리가 없어요."

"네. 저희도 치치포씨가 얼마나 꽃나무를 아끼는지
몸소 느낄 수 있었답니다.
저 역시도 갑자기 변해버린
치치포씨의 태도가 너무나 이상했어요.
그래서 용감한 벌들과 지혜로운 나비로
하여금 치치포씨의 뒤를 쫓아가도록 했답니다."

"그렇군요.
분명히 못된 짐승들의 음모가 숨어 있을 것이 분명해요.
여왕벌님, 함께 치치포를 따라 가는 것이 어떻습니까?
저희 메뚜기들도 기꺼이 여러분들과 힘을 합치겠습니다."

"네. 하지만 지금 꽃나무의 꽃에서 아무런 향기가 나지 않
는 것으로 봐서는 이미 늦었을 수도 있습니다.
이제 믿을 수 있는 건 치치포씨를 따라간
벌들이 전해줄 소식뿐이지요.
하지만 아직까지 아무 소식도 없네요."

메뚜기들과 벌들은 상황이 좋지 않은 방향으로
흘러가는 것을 들으며 마음이 무거워졌습니다.

이제는 꿀벌들과 함께 함께 휴식을 취하며
치치포를 따라간 이잉과 우잉, 그리고 헤쿠바가
소식을 전해오길 기다릴 수밖에는 없었습니다.

한편 치치포와 블레이크는 꽃나무가 있는
시냇가를 향해 계속해서 걸어갔습니다.
헤쿠바는 멀찍이 숨어 치치포의 뒤를 계속 따라갔고
루마, 메이즈, 야네즈도 치치포와 블레이크의 눈을 피해
계속해서 따라갔습니다.

치치포가 꽃나무를 향해 가는 길에는 이전에 바람의
소리를 들었을 때 불었던 것과 같은 기분 좋은 바람이
계속해서 치치포의 얼굴에 와 닿았지만 치치포는
바람의 소리를 느낄 감정도, 생각할 여유도 없었습니다.

이미 치치포의 마음속에는 자신에 대한 미움과 세상에서
없어져야 할 것은 자기 자신이라는
생각만이 가득 차 있었습니다.

한편 메뚜기들이 숲에 도착한지 얼마 되지 않아
우잉이 다급하게 숲으로 돌아왔습니다.
치치포와 블레이크의 대화를 들은 헤쿠바가
급히 우잉을 여왕벌에게 보낸 것이었습니다.

우잉은 여왕벌과 홀랜드잉에게 다가가 말했습니다.
"여왕벌님! 지금 치치포가 사자와 함께 있습니다.
그런데 지금 사자와 함께 버려둔 꽃나무를 찾으러 갔어요.
꽃나무를 없애려고요. 빨리 가서 도와야 합니다."

"우잉. 무사히 돌아 왔구나. 그런데 무슨 말인지
모르겠구나. 다시 한 번 침착하게 이야기 해주겠니?"

"그러니까 치치포가 꽃나무를 시냇가 옆에 심어 놓고
혼자 떠나 버렸는데 그렇게 치치포 혼자 떠돌며 길을 가던
와중에 구름 한 점 없는 하늘에서 갑자기 비가 내렸고,
비가 그칠 무렵 사자가 나타났습니다.
치치포는 처음에는 두려워하는 것 같았지만
갑자기 사자를 끌어안고 마구 울었습니다.

한참 이야기 나눈 둘은 친구가 되기로 했고,
치치포가 사자가 건네준 병에 들어 있는 물을 마신 뒤로
갑자기 사자와 함께 꽃나무를 없애러 가기로 했습니다.
헤쿠바씨는 저한테 빨리 이 소식을 여왕벌님께 전하고
꽃나무가 있는 곳으로 와달라고 하셨습니다.
어서. 어서 빨리 가서 치치포를 도와야 합니다."

"그렇구나. 수고했다 우잉아.
이제 우리가 가서 도울 테니 걱정하지 말거라.
게다가 여기에는 우리의 친구인 메뚜기
동맹군들까지 있단다. 그런데 이잉은 어디에 있는 거니?
헤쿠바씨와 같이 있니?"

"아닙니다. 지금 이잉은 홀로 버려진
꽃나무를 지키고 있습니다."

"그렇구나. 너희들이 실로 자랑스럽구나. 자, 메뚜기 여러
분 치치포와 꽃나무가 위험에 처했다고 합니다.
이제 모두 일어나 치치포와 꽃나무를 도우러 갑시다.
우리의 용감한 한 마리 꿀벌형제를 위해서라도
지금 바로 가야 합니다."

여왕벌과 홀랜드잉이 앞장서고
그 뒤에 병정벌들과 꿀벌들이 대형을 맞춰 섰습니다.
그리고 위스컴의 아빠, 그리고 11마리의 또 다른 메뚜기 지
도자들도 자리를 잡았습니다.
그 뒤로는 엄청난 수의 메뚜기들이
대형을 맞춰 이동을 시작했습니다.

치치포와 블레이크, 그들의 뒤를 쫓는 헤쿠바와 짐승들,
그리고 메뚜기와 벌들은 모두 꽃나무가 있는
시냇가로 향하였습니다.

앞으로 어떤 일들이 일어나게 될지 아무도 몰랐지만
지도자들과 몇몇 현명한 곤충들은
이제 그 시냇가에서 벌어질 일들이
이 모든 싸움의 마지막이 될 것이라는 것을
어렴풋이 느낄 수 있었습니다.

Chapter 17.

끝이 아닌 끝

치치포와 블레이크는 아무 말 없이 걸었습니다.

주변의 아름다운 자연들과 얼굴에 와 닿는 상쾌한 바람도
더 이상 치치포의 마음을 기쁘게 할 수 없었습니다.
치치포의 뒤를 따르는 헤쿠바는 자신이 이렇게 숨어서 밖에
는 치치포와 함께 할 수 없다는 사실에 속이 상했습니다.

한편 홀로 꽃나무를 지키고 있던 이잉
역시 마찬가지로 외롭고 두려웠습니다.
하지만 그것보다 더 이잉을 슬프게 만든 것은 더 이상
향기를 내지 않는 꽃나무를 지켜만 봐야 하는 것이었습니다.

반면에 루마와 메이즈 그리고 야네즈는 이미 꽃나무를
없애고 승리한 것 마냥 기쁜 마음으로
치치포와 블레이크의 뒤를 따라가고 있었습니다.

짐승들은 저마다 꽃나무를 찾게 되면 결정적인 순간에
자기가 나서서 꽃나무를 없애 버려야겠다는
생각을 하고 있었습니다.
다만 까마귀 로이드만 어느 순간 사라지더니
보이지 않았습니다.

그 반대편에서는 벌들과 메뚜기들이 최선을 다해
꽃나무를 향해 달려가고 있었지만 한편으로는
또 한 번 치치포가 자신들을 믿어주지 않는다면
어떻게 하지라는 질문에 마음이 수시로 무거워졌습니다.

이렇게 모두는 각기 다른 모습과 생각을 가지고 꽃나무를
향해 달려가고 있었습니다.

그리고 가장 먼저 꽃나무를 찾아낸 것은
바로 사라졌던 까마귀 로이드였습니다.
이잉은 향기가 없는 꽃나무 위에 앉아
조금은 지루한 듯 꾸벅꾸벅 졸았습니다.

그러다가도 무슨 소리가 나면 번쩍 눈을 뜨고 날갯짓을
하며 '누구냐!'라고 소리를 질렀습니다.
그러나 아무것도 아닌 것을 알게 되면 또 다시 꽃나무의
가지에 앉아 졸았습니다. 그러기를 얼마나 반복했을까요.

이번에는 이잉의 귓가에 어디선가 먼 곳에서 들려오는
아주 시끄러운 소리가 들어왔습니다.

소리를 낸 것은 까마귀 로이드와 함께 나타난
수십 마리의 까마귀 친구들이었습니다.
처음 나타났을 때처럼 까마귀들은 엄청나게 시끄럽고
듣기 싫은 울음소리를 내며 꽃나무 위의
하늘을 뱅뱅 돌기 시작했습니다.
"까악! 까악! 아무래도 저기 시냇가에 심어져 있는 꽃나무
가 치치포의 꽃나무 같은데!"

"그런데 왜 아무런 냄새가 나지 않는 걸까?"

"그 인간 놈이 꽃나무를 버려둬서 그런 것 아닐까? 하지만
그 인간이 마음을 바꿔서 다시 잘 보살피게 되면 또다시
그 더러운 냄새가 이곳에 진동하게 될지도 몰라!"

"그래. 그렇다면 우선 내려가서 확인 할 것도 없이
우리들이 없애 버리자고!"

"그래 내가 가서 뿌리부터 쪼아 버리겠어!"

"아냐! 다들 이곳을 뱅뱅 돌고 있어!
또 저번처럼 어떤 놈들이 숨어서 꽃나무 주변을
지키고 있을지 모르니까 말이야.
우선 내가 먼저 조용히 내려가 볼게! 내가 쪼기 시작하면
그 때 다들 내려와서 함께 마구 쪼아버리란 말이야!"

로이드는 날개를 접고 재빨리 내려와 흐르는 시냇물을
발로 살짝 팅기고는 땅에 사뿐히 착지했습니다.

갑자기 나타난 까마귀에 모습에
이잉은 깜짝 놀라 잠이 달아났습니다.
그리고 로이드가 하는 모습을 조용히 지켜봤습니다.
로이드가 꽃나무 앞으로 걸어오는 대에는
단 10초도 걸리지 않았지만 이잉의 머릿속에는
수많은 생각들이 스쳐 지나갔습니다.
'저 까마귀가 나를 잡아먹으면 어떡하지. 도망갈까?
이제는 향기도 나지 않는 꽃나무를 내가 목숨을 걸고
지킬 필요가 있는 것일까?
주인도 버린 꽃나무잖아. 아니지.
나는 끝까지 이 꽃나무를 떠나면 안 되지.
그게 나에게 주어진 일이라면,
나는 끝까지 완수해야만 한다고.
모두가 나만 믿고 있는데 말이야.
아. 여왕벌님과 우잉이 보고 싶다.'

이런 생각을 하는 동안 로이드는
꽃나무 앞으로 살금살금 걸어 왔습니다.

그리고 꽃나무 위에 앉아 있는
이잉을 발견하고는 이렇게 말했습니다.

"까악! 꿀벌이 여기 있는 거 보니까
내가 찾긴 제대로 찾았나 보군!
그렇다면 네 친구들도 여기 주변에 있다는 얘긴데."

이잉은 새까만 까마귀가 무서운 목소리로
자신에게 말을 거는 것이 너무나 두려웠습니다.

하지만 누구보다 용감한 목소리로 말했습니다.

"그래! 내가 이 꽃나무를 지키고 있었다!
그리고 내 뒤에는 엄청난 수의
병정벌들이 곳곳에 숨어 있다고!
만약 네가 이 꽃나무를 건드린다면 내가,
아니 우리가 가만있지 않을 테다!"

"까악!!! 조그만 것이 겁도 없이! 누가 벌들에게 꽃나무를
지켜 달라고 했단 말이냐!"

"누구긴 누구야! 바로 우리의 친구인 치치포지!
그 인간과 우리는 목숨을 건 친구라고!"

"뭐? 까악까악까악. 과연 그럴까? 지금 그 목숨을 건
친구는 이 꽃나무를 직접 없애려고 사자와 함께 걸어오고
있는데 말이야. 너희들도 이제는 주인도 없고,
더 이상 향기도 나지 않는 이 꽃나무를 위해
애꿎은 목숨 그만 버리고 이제 포기하지 그래.
더 다치기 전에 말이야!"

"그런 거짓말을 누가 믿을 줄 알아?
지금까지 너희들이 우리에게 했던 거짓말이
얼마나 많은데 나보고 그걸 믿으란 소리야?!
설사 그렇다 하더라도 우리 형제들이
지금 달려와서 치치포의 마음을 바꿔놓고
다시 꽃나무를 활짝 피게 할 거라고!"

이잉은 치치포가 직접 꽃나무를 없애러 온다는
소리에 흥분해서 그만 말실수를 하고 말았습니다.
조용히 이잉의 말을 듣고 있던 로이드가 말했습니다.

"너희 형제들이 지금 여기로 달려오고 있다고?
그럼 지금은 너 혼자라는 소리네!
까악까악~ 나를 속이려 하다니!
쪼그만 꿀벌 주제에 감히 나를 우롱해!
우선 너부터 먹어 버려야겠다."

로이드는 사뿐히 뛰어 올라
이잉을 향해 부리를 찔렀습니다.
그리고는 부리를 크게 벌리고 한 입에 이잉을 잡아먹으려
했지만 이잉은 잽싸게 도망쳤고,
로이드는 이잉이 앉아 있던 가지를 쪼아버리고 말았습니다.
가지에는 까마귀 부리가 남긴 상처가 깊게 남았습니다.
그 모습을 본 까마귀들 중 한 마리가 소리쳤습니다.
"야! 다들 내려가자! 로이드가 꽃나무를 쪼았어!"

"야호! 신난다! 오랜만에 누군가를 괴롭히는데!
유후~ 설레는 걸!"

그렇게 까마귀들이 하나둘씩 땅에 내려앉았습니다.
먼저 내려와 있던 로이드가 부리로
꽃나무 줄기를 쪼아 상처를 내며 소리쳤습니다.

"이게 바로 우리가 찾던 꽃나무지!
주인도 이미 버렸고, 아주 조그만 꿀벌 하나만
이 꽃나무를 지키고 있다고!
나무줄기를 실컷 쪼다가 저기 꿀벌이
이 주변으로 다가오면 그냥 먹어 버려!
겁쟁이 같은 놈이야! 울기나 하고!"

그 말을 들은 까마귀들은 뒤뚱뒤뚱 걸어서
꽃나무를 둘러쌌습니다.
막 꽃나무를 쪼아대려던 까마귀들에게
로이드가 다시 이야기 했습니다.

"단, 꽃은 건드리지 마라! 내가 찾아냈으니
꽃을 딸 수 있는 건 바로 나라고!
너희들은 실컷 줄기와 뿌리를 쪼아 버리라고!"

까마귀들이 달려들자 꽃나무의 가지와 줄기에 상처가
생기기 시작했습니다.
까마귀들은 듣기 싫은 소리를 내며 계속해서
꽃나무를 쪼아댔습니다.

이잉은 한 없이 작고 힘없는
자신의 모습이 너무나 슬펐습니다.
까마귀들이 꽃나무를 쪼기 시작했지만

아무것도 할 수 없었고,
또 꽃나무를 지키기 위해
까마귀들에게 달려들 용기도 없었기 때문입니다.
이잉은 그저 다른 큰 나뭇가지에 앉아 엉엉 울기만 했습니다.
하지만 홀로 울고 있던 이잉은 더 이상 혼자가 아니었습니다.

"여왕벌님 이건 이잉이 울음소리 같은 데요!
무슨 일이 있는 것 같아요!"

"그렇구나. 무슨 일이 있는 것이 분명하구나!
저쪽에 꽃나무가 있는 거니?"

"예. 바로 저기에요.. 시냇가 옆에 있어요!"

"알겠다. 고맙다 우잉아!"

메뚜기와 벌들이 시냇가에 도착했을 때 이잉이 크게 울고
있어서 까마귀들은 벌들과 메뚜기들이 다가오는 소리를
미처 듣지 못했습니다. 그리고 메뚜기와 벌들은 최대한
서두르지 않고 조용히 냇가로 접근했습니다.

까마귀들이 나무를 둘러싸고 부리로 열심히 나무를
쪼고 있는 것을 발견한 여왕벌과 위스컴의 아버지는
공격 대형을 만들도록 명령했습니다.
수많은 메뚜기들이 사방으로 흩어져 큰 말발굽 모양의
포위 대형을 만들었고, 그 말발굽 가운데에는 병정벌들이
뾰족한 삼각형 모양의 대형을 만들었습니다.

그리고 여왕벌이 아주 조심스런 목소리로 말했습니다.

"지금 꽃나무가 공격을 받고 있습니다.
시간이 없습니다. 지금 공격합니다.
마구잡이로 저들에게 덤벼든다면 오히려 더 힘든 싸움이
될 수 있으니 먼저 우리 벌들이 선제공격을 하면 메뚜기들
이 준비하고 있다가 저희를 도와주십시오.
자! 벌들이여! 공격하라!"

벌들은 뾰족한 삼각형을 유지 한 채
일제히 날아가기 시작했습니다.
그리고 꽃나무 위에 앉아 줄기를 쪼아대고 있던
까마귀들에게 돌진했습니다.
까마귀들은 갑자기 들리는 벌떼들의 우웅우웅하는
날갯소리에 깜짝 놀라 위를 쳐다보았습니다.
그리고 이미 삼각형으로 뭉친 벌들이 자신들에게
날아오는 것을 볼 수 있었습니다.

놀란 까마귀들은 우왕좌왕하면서도 부리를 쫙 벌리고
날아드는 벌들을 위협했습니다.

사실 곤충들은 까마귀들이 좋아하는 먹이였기 때문에
까마귀들은 벌들을 그리 두려워하지 않았습니다.

벌들이 날아들어 까마귀를 공격했고, 까마귀는 재빠르게
날아올라 벌들의 공격을 피했습니다.
놀란 마음을 진정시킨 까마귀들은
오히려 몸을 돌려 벌들에게 달려들었습니다.
이번에는 벌들이 대형을 깨버리고 제각기 흩어져 버렸습니다.

이때가 기회다 싶은 다른 까마귀들도 날아올라
벌들을 잡아먹으려고 달려들었습니다.
하지만 흩어지는 듯 보였던 벌들은 허공에서 넓게 퍼진 뒤
까마귀들을 둘러싼 채로 동그란 공 모양을 만들었습니다.

벌들을 잡아먹으려고 달려들던 까마귀들은 오히려 가운데
포위한 형상이 되어버렸습니다.

넓게 포진했던 벌들은 홀랜드잉의 지휘에 따라 일제히
가운데를 향해 달려들었습니다.
마치 원이 중심을 향해 쪼그라드는 것 같은 모양이었습니다.

이제 가운데 포위당한 까마귀들과 벌들의 싸움이
다시 시작됐습니다.
수많은 벌들이 땅바닥으로 하나둘씩 떨어졌습니다.
까마귀들 역시 새까만 깃털이 빠져 사방으로 휘날렸습니다.
꽃나무 위 하늘에서는 검은 까마귀들의 깃털과 벌떼들이
눈폭풍처럼 뒤엉켜 휘날리고 있었습니다.
그리고 그 때 치치포가 반대편에서
꽃나무가 있는 시냇가에 도착했습니다.

검은색 점과 노란색 점들이 뒤엉켜서 날아다니는 그 모습
을 본 치치포는 있는 힘을 다해 꽃나무를 향해 달렸습니다.
그리고 치치포를 조용히 따라오던 블레이크 역시 마침내
자신의 존재를 드러내며 치치포 보다
더 빠른 속도로 꽃나무를 향해 달려갔습니다.

그리고 뒤에서 숨어서 따라오던 루마와 메이즈 그리고
야네즈도 소리를 고래고래 지르며 달려 나왔습니다.

"찾았다! 내가 주인공이다! 내거야!"

"누구 맘대로?! 내가 꽃나무를 없애 버리겠어!"

다들 자신이 꽃나무를 없애는 주인공이 되고 싶어
안달이 나있는 상태였습니다.
달려오는 동물들을 본 위스컴이 아빠 메뚜기에게 말했습니다.
"아빠! 저기 짐승들이 몰려 와요!"

그러자 아빠 메뚜기가 크게 대형을 갖추고 있던 엄청난
숫자의 메뚜기들을 향해 소리쳤습니다.

"저기 우리가 진짜 상대해야 할 강한 짐승들이 달려온다.
저들이 꽃나무를 해치도록 내버려둬서는 안 된다.
적들은 강하지만 우리가 더 강하다는 것을 보여주자!
자, 모두 돌격!"

우렁찬 외침과 함께 그때까지 자리를 잡고 기다리던
메뚜기들이 큰 말발굽 모양의 대형을 유지한 채로 똑같은
박자로 점프해서 앞으로 전진을 시작했습니다.

엄청난 숫자의 메뚜기가 함께 점프하고 내려앉자
마치 거인이 발을 땅에 내딛는 것과 같은
커다란 진동이 땅에서 일어났습니다.
쿵! 쿵! 쿵!

녹색의 큰 말발굽은 쿵! 쿵! 하며 앞으로 전진했고,
이미 벌들과 뒤섞여 싸우고 있던
까마귀와 꽃나무를 둘러쌌습니다.

아빠 메뚜기는 까마귀에게 근접하자
'돌격'이라고 크게 외쳤습니다.
말발굽 모양의 메뚜기 중 가장 안쪽 줄의 메뚜기들이
날아올라 까마귀들의 몸에 달라붙었습니다.
붙지 못한 메뚜기들은 뒤로 돌아 나와 반대편 쪽
대형의 뒷줄에 다시 섰습니다.

다시 한 번 '공격'을 외치자 다음 줄 메뚜기들이 날아올랐고
또 다시 까마귀와 짐승들에게 붙었습니다.

그렇게 계속해서 까마귀와 짐승들에게 달라붙은 메뚜기들
은 닥치는 대로 물어뜯기 시작했습니다.
까마귀들은 따가워서 참을 수 없었고 푸득푸득 날갯짓을
하며 바닥을 뒹굴었습니다.

메뚜기들은 계속해서 같은 방법으로 공격을 했고 까마귀
와 짐승들에게 매달려 있다가 떨어진 지친 메뚜기들은
다시 대형의 맨 뒤로 돌아갔습니다.
그리고 자신의 공격 순서가 올 때까지 쉬었습니다.

끊임없이 달라붙는 메뚜기로 인해 까마귀들은 하늘 높이 날수 없었고, 짐승들 역시 체력이 금세 바닥이 났습니다.

하지만 수많은 벌들과 메뚜기들도 역시 까마귀의 공격으로 꽃나무 주변에 떨어져 죽어있었습니다.
그리고 까마귀보다 더 두꺼운 가죽을 가진 짐승들은 메뚜기들의 공격을 힘겹게 뚫고 꽃나무를 향해 조금씩 다가오고 있었습니다.
그때 갑자기 엄청난 바람이 몰려와 달려오는 짐승들을 향해 역으로 불기 시작했습니다.

"아빠! 바람의 소리가 또 제게 말했어요!
지금 이 바람을 타고 동물들에게 날아가래요."

"그렇구나! 고맙다 아들아!
모두가 네 말을 믿을 거야! 네가 직접 말하렴."

위스컴은 비록 용기가 나지는 않았지만 너무 급박한 상황인지라 따져볼 새도 없이 큰소리로 말했습니다.

"여러분! 바람의 소리가 제게 말했습니다!
이 바람을 타고 저 짐승들을 공격하면 우리가 승리 할 수 있다고 말입니다."

그 말에 이어 아빠 메뚜기도 외쳤습니다.

"메뚜기들이여 바람을 느껴보십시오!
그리고 다 같이 그 소리에 귀를 기울여 보십시오!
그리고 바람의 소리가 말하는 대로 싸웁시다! 저의 힘으로
는 한 번에 여러분들에게 명령을 내릴 수 없습니다.
여러분 모두가 바람의 소리를 들을 수 있습니다.
확신을 가지고 귀를 기울이십시오.
바람의 소리는 우리 모두가 들을 수 있습니다.
이제부터는 바람의 소리가 우리의 싸움을 지휘할 것입니다!"

'공격'이라고 외칠 줄 알았던 위스컴의 아빠가 바람의 소리
를 듣고 그 말대로 싸우자는 말을 하자
메뚜기들은 다들 크게 당황했습니다.
하지만 어디선가 웅성거리는 소리가 나오기 시작했습니다.

"들린다! 들려!

"나도 들려!"

"내게도 바람의 소리가 말하고 있어!"

"나도!"

"나도!"

"나도!"

그러자 수많은 메뚜기들이 바람의 소리를 들을 수 있다고
외쳤고, 여기저기서 탄성을 지르기 시작했습니다.

메뚜기들은 더욱 용감해졌고 더 이상 달려오는
동물들이 두렵지 않았습니다.
그리고 공격하라는 명령을 누구도 하지 않았지만
제각기 들은 바람의 소리의 명령을 따라
일제히 짐승들을 향해 날아가기 시작했습니다.
모두들 바람을 타고 날았기 때문에 평소보다
훨씬 더 빠른 속도였습니다.

한 덩어리가 되어 날아가는 메뚜기들은 마치 거대한 주먹
같은 모습이 되어 짐승들을 후려쳤습니다.

바람의 소리는 메뚜기
한 마리 한 마리에게 명령을 내렸습니다.
그 때문에 메뚜기들은 이제 마치

한 덩어리가 된 것처럼 싸울 수 있었습니다.
누구의 명령도 없었지만 메뚜기들은 자연스럽게
바람의 소리가 시키는 대로 공격 방향을 정하였고,
또 어떤 메뚜기들은 바람의 소리에 따라 치치포에게 날아가
짐승들이 치치포를 공격하지 못하도록 보호해 주었습니다.

시냇가 주변은 짐승들과 까마귀와 벌들과 메뚜기들이
뒤섞여 싸우는 거대한 전쟁터가 되어 있었습니다.
그리고 목숨을 잃은 메뚜기들과 벌들이
땅바닥에 계속해서 쌓여 갔습니다.

그 모습을 지켜보던 치치포는
너무나 혼란스러웠고, 동시에 슬퍼졌습니다.
또 다시 자신으로 인해
수많은 곤충들이 죽어가고 있다는 생각이 들었습니다.
치치포는 더욱더 자기 자신이 싫어졌습니다.

치치포의 눈에서는 눈물이 흘렀습니다.
이를 본 위스컴은 전투를 뒤로하고
치치포에게로 달려갔습니다.

그리고 예전처럼 치치포의 귀 위로 뛰어 올랐습니다.
"치치포! 나야! 위스컴! 네가 무사하다니 정말 기뻐!"

"위스컴? 네가 왔구나. 하지만 미안해.
내가 계속 의심하고 마음속으로 너희들을 미워했었어.
이 모든 게 내 잘못이야."

"그런 이야기를 할 시간이 없어. 치치포! 네가 나에게 바람
의 소리에 귀를 기울여 보라고 얘기 해줬던 것 기억나니?
지금은 내가 네게 그 말을 해줘야겠어.
치치포! 지금 바람의 소리가 너에게 말을 하고 싶어 하셔!
그런데 네가 들으려 하지 않는다고 슬퍼하신다고!
이 싸움을 승리로 이끌 수 있는 것은 오로지 너 뿐이야!"

"하지만 어떻게 바람의 소리를 들어야 할지 모르겠어!
게다가 이곳은 너무 시끄러워! 이곳은 전쟁터라고!"

"치치포! 눈을 감고 마음속으로
바람의 소리를 듣고 싶다고 계속 말해.
그리고 불어오는 바람을 느끼며 집중을 다해 귀를 기울여봐!"

"아니야 그럴 수 없어. 그리고 그러고 싶지도 않아.
바람의 소리를 더 이상 듣고 싶지 않아."
치치포는 바닥에 주저앉았습니다.
그리고 귀를 막고 눈을 가려버렸습니다.

치치포는 이런 상황이 싫어서, 그리고 이런 상황을 만든
자기 자신이 싫어서 한 행동이었지만 그것이 오히려
바람의 소리에 더욱 집중하는 꼴이 되어 버렸습니다.
여러분도 알다시피 어떤 소리를 듣고 싶지 않다고
생각하면 할수록 오히려 그 소리에
더욱 집중하게 되는 법이니까요.

어느 덧 두 눈을 감은 치치포의
피부에 바람이 느껴지기 시작했습니다.

바람은 점점 더 강하게 느껴지더니 치치포가
전쟁터의 한가운데 있음에도 불구하고
점점 더 선명해졌습니다.
그리고 마침내 그 폭포수와 같았던
바람의 소리가 다시 들려왔습니다.

그것은 이제껏 들은 것 중에 가장 웅장하면서도
아름다운 노랫소리처럼 들렸습니다.
"치치포야! 내가 사랑하는 치치포야!
너는 이 싸움에서 이미 이겼단다.
지금까지 꽃나무를 잘 지켜줘서 고맙단다.
하지만 너는 지금 용의 눈물을 마신 상태이기에
진정으로 소중한 것을 지키지 못하고 있구나."

"아. 바람의 소리님. 용의 눈물이라니요?"

"네가 사자에게서 전해 받아 마신 것이 바로 용의 눈물이다."

"저는 그것이 뭔지 몰랐어요.
그저 너무 목이 말랐고 사자가 너무 불쌍했어요."

"그래. 괜찮단다. 네가 선한 마음에 사자가 준 것을 마셨다
는 것을 나는 다 알고 있단다. 나는 이미 너를 용서했단다.
그리고 네가 내 말을 듣는 순간, 용의 눈물은 힘을 잃었단다.
이 싸움은 절대 치치포 너로 인해 일어난 싸움이 아니란다.
그저 네 꽃나무가 이 동산의 생명과도 같기 때문이야.
용황제는 이 동산의 생명인 네 꽃나무를 싫어했고,
꽃나무에서 나는 향기를 싫어했지.
그로 인해 지금껏 많은 꽃나무들이 파괴된 것이란다.
그리고 결국 그런 동산들은 다들 황폐한
사막으로 변해 버렸지.
벌들과 메뚜기들에게 이 싸움은 바로 자기 자신들의
동산을 지키기 위한 싸움이란다.
오히려 네가 그들을 위해 마지막으로
해주어야 할 일이 있단다."

"그런 거였군요. 저는 단지 저와 꽃나무 때문에 모두가 이렇게 싸우고 있다고 생각했어요. 하지만 이제는 그렇게 생각하지 않아요. 마지막으로 해야 할 일은 무엇인가요?"

"그것은 바로 무슨 일이 있어도 꽃나무를 지켜 내야 한다는 거야. 무슨 일이 있어도!"

"제가 어떻게 지켜 내지요? 저는 벌들처럼 용감하지도, 메뚜기들처럼 강하지도 않은 걸요."

"아니란다. 치치포야. 이 싸움은 전적으로 네가 어떻게 하느냐에 따라 모든 결과가 달려 있단다. 너는 내가 항상 네 옆에 있다는 것을 잊지 말길 바란다. 이제 꽃나무에게로 가거라!"

"바람의 소리님. 마지막으로 궁금한 게 있어요. 왜 실수하고 잘못을 반복하는 저를 계속해서 용서해 주시고, 기회를 주시는 건가요?"

"그것이야말로 내가 있는 이유이기 때문이란다. 자, 시간이 없구나! 빨리 꽃나무를 향해 달려가거라! 내가 너를 세차게 밀어 주마!"

바람의 소리가 끝이 나고 이번에는 바람의 방향이 바뀌더
니 치치포의 등 뒤에서 세찬 바람이 불기 시작했습니다.
치치포는 갑자기 자신의 등 뒤에서 불어오는 바람을
느끼며 자신감을 얻어 힘차게 꽃나무를 향해 달려갔습니다.

앞에는 시냇물이 가로 막고 있었지만 등을 밀어주는 바람
을 믿은 치치포는 껑충 뛰었습니다. 그리고 한 번에 넓은
시냇물을 건널 수 있었습니다. 순식간에 꽃나무에 도착한
치치포는 꽃나무 주변에 떨어져 죽어있는
수많은 메뚜기들과 벌들을 보았습니다.

너무 미안하고 슬픈 마음에 눈물이 나오려 했지만 그들을
위해서라도 반드시 꽃나무를 지켜야 한다고 생각했습니다.

치치포는 허리를 굽혀 몸을 말아 꽃나무를 감싸 안았습니다.
그리고 그때 블레이크가 치치포의 등 뒤에서 크고 무서운
소리로 울음을 터트렸습니다.

"어흥!"

메뚜기떼의 공격을 밀어낸 블레이크가 무서운 속도로
꽃나무와 치치포를 향해 달려왔습니다.
치치포는 사자의 그 큰 소리에 두려웠지만
까마귀들에게 쪼여 곳곳에 상처를
입은 꽃나무와 주변에 죽어있는 수많은 메뚜기와 벌들을
돌아보며 꽃나무 곁을 떠나지 않겠다고 결심했습니다.

꽃나무 앞에 도착한 블레이크는 지금까지 들을 수 없었던
엄청난 분노를 담아 소리쳤습니다.
"이젠 끝났어! 둘 다 없애 버려주지!
더 이상의 자비는 없다! 어흥!"

치치포는 여전히 두려웠지만 감싸고 있던
꽃나무를 더욱 꼭 끌어안았습니다.
그리고 꿈쩍도 하지 않고 자리를 지켰습니다.

블레이크는 꽃을 품고 있는 치치포를 비웃으며 말했습니다.

"다 소용없다. 그런다고 꽃나무를 지킬 수 있을 것 같은가?
주변을 둘러 봐라!
얼마나 많은 벌들과 메뚜기들이 죽어 있는지.
이젠 너와 그 더럽고 냄새나는 꽃나무 차례다.
피하든지 말든지 알아서 해라!
어차피 죽는 순서 차이일 테니까. 어흥!!"

블레이크는 지금까지 보여주지 않았던
날카로운 앞발톱을 뽑아냈습니다.
그리고 크고 무서운 소리로 세 번 포효하고 한쪽 앞발을
들어 올렸습니다. 그러나 치치포는 꿈쩍도 하지 않고
그 자리를 지키며 꽃나무를 품고 있었습니다.

마침내 블레이크의 날카로운 발톱이 허공을 가르듯
치치포를 향해 내리 꽂혔습니다.

쏴악!

Chapter 18.
치치포의 포켓월드

'어! 이상해. 내 몸이 풍선처럼 가벼워! 피곤하지도 않고.
그런데 내 꽃나무는 어디로 간 거지?
분명히 내가 가슴 속에 품고 있었는데.
내가 잠시 정신을 잃었을 때 누가 가져가 버린 건가?'

치치포는 블레이크가 자신을 공격한
이후 어떤 일이 일어났는지 전혀 알지 못했습니다.
단지 자신이 품고 있던 꽃나무가 사라졌다는 사실과 함께
자신의 몸이 처음 꽃나무를 만났을 때처럼
가볍고 상쾌하다는 것만 알 수 있었습니다.

한참을 엎드려서 무슨 일이 있었을까 생각하고 고민하던
치치포는 주변이 매우 조용해진 것을 알게 되었습니다.
드디어 싸움이 끝났겠구나 하는 생각이 든 치치포는 눈을
뜨고 고개를 살며시 들어 주변을 둘러보았습니다.

주변은 너무나 고요했고 짐승들은 물론이고 이곳저곳에
떨어져 있던 메뚜기와 벌들도 더 이상 보이지 않았습니다.
'이상하다. 모든 것이 끝이 났다 해도
이곳이 이렇게 정리되어 있을 리가 없는데.
내 친구들은 다들 어디로 간 거지? 꽃나무도.'

치치포는 품 안에서 사라져 버린 꽃나무로 인해 슬퍼졌습니다.
하지만 울고 싶어도 이상하게 눈물이 나오지 않았습니다.
치치포는 자신이 울보라고 생각했는데
더 이상 울보가 될 수 없었습니다.
그리고 몸이 점점 더 가벼워져만 갔습니다.

그러다 어느 순간 발이 땅 바닥에서 떨어졌습니다.
몸은 마치 풍선처럼 공중으로 붕 떠올랐습니다.
발바닥이 땅에서 떨어지자 치치포는
발끝을 쭉 내밀어 땅을 콕 찍었습니다.

땅바닥에서 떨어지지 않으려 안간힘을 썼지만 치치포의 의
지와 상관없이 몸은 계속 하늘로 떠올랐고, 결국 주변의
키 큰 나무보다 더 높이 떠오르게 되었습니다.

처음에는 너무 무서워서 이리저리 발버둥을 치며
땅만 바라보았습니다.
하지만 높아지면 높아질수록 땅을 바라보면
더 무서워진다는 사실을 알게 되었습니다.

그래서 고개를 들고 멀리 산을 바라보았습니다.
그랬더니 무서운 생각이 조금씩 사라지기 시작했습니다.
오히려 높게 솟아오른 산과 녹색으로 머리를 물들인 숲,

시원하게 굽이쳐 흐르는 강과 곳곳으로 흩어져 조용하게
흐르고 있는 시내 그리고 이리저리 뛰어 놀고 있는
동물들과 자신과 눈을 맞추며 날아다니는 새들의 모습이
너무나 평화롭고 아름답게 보였습니다.

주변의 아름다운 풍경에 익숙해지자 치치포는
어느덧 하늘을 날고 있는 것이 자연스럽게 느껴졌습니다.

그리고 어느 새 팔을 돌리고 발을 차며 가고 싶은 곳으로
맘껏 날아다니게 되었습니다.

어느 덧 아래로 보이는 동산이, 자기가 꽃나무를 안고 그렇
게 힘들게 도망 다녔던 숲들이 마치 성냥갑처럼
조그맣게 보이기 시작했습니다.
'어! 저기는 내가 처음 생겨난 곳이네.
저곳에서 내가 꽃나무를 처음 만났지.
어! 또 저기는 내가 도망간 숲이잖아! 그때 멧돼지가 벌들
한테 많이 물렸었는데... 괜찮은가 모르겠다...
저기는 메뚜기 위스컴이 높이뛰기 연습을 하던 풀밭이고...
어~ 바로 저기가 구름 한 점 없는 하늘에서
비가 내린 그곳이네...
저렇게 돌과 모래만 가득한 광야였구나..
지금 생각하면 어떻게 비가 내렸는지 참 신기하다...'

치치포는 한참을 날아다니며
자신이 지나왔던 모든 곳들을 둘러보았습니다.
위에서 보는 세상은 치치포에게
또 다른 세상처럼 느껴졌습니다.

모든 것은 아니지만 이전보다 세상을
더 잘 이해할 수 있을 것만 같았습니다.

자신이 있었던 그 동산을 다 둘러보자
치치포는 좀 더 높은 곳으로 떠올랐습니다.
구름 위를 뚫고 올라가자 구름에 가려
아무것도 볼 수 없었습니다.
하지만 이미 하늘을 나는 것에 익숙해진 치치포는 바람에
몸을 맡기고 그냥 하늘로 높이, 높이 올라갔습니다.

그리고 얼마 되지 않아 동쪽 하늘 저편에 터널과 같이
어두컴컴한 입구가 보였습니다.
그리고 갑자기 그 터널이 치치포의 몸을 아주 강하게 끌어
당겼습니다. 치치포는 손을 이리저리저어보고 방향을
바꿔보려 했지만 당기는 힘이 너무 강해 방향을
조금도 바꿀 수 없었습니다.
치치포는 어쩔 수 없이 그 어두컴컴한
터널로 빨려 들어갔습니다.

터널은 생각했던 것보다 매우 컸고 터널 안에 들어서는
순간 아무것도 볼 수 없었지만 무슨 돌이나 나무로 만든
터널이 아니라는 사실은 분명히 알 수 있었습니다.

밖에서는 동그랗고 안은 까맣게 보였던 터널이 막상 안에
들어서는 순간부터 터널이 아닌
또 다른 넓은 공간이 되어 버린 것입니다.

치치포는 너무 어두워서 아무것도 볼 수 없었습니다.

그러자 치치포는 눈을 깜빡거리며 자신이 눈을 감아
아무것도 볼 수 없는 것은 아닌지,
아니면 정말로 어두워서 그런 것인지 시험해 보았습니다.
하지만 눈을 뜨나 감으나 아무것도
볼 수 없는 것은 마찬가지였습니다.

그러던 어느 순간 치치포는 갑자기 터널을 빠져나왔고
눈앞이 다시 환해졌습니다.
빠져나온 치치포의 몸이 빠른 속도로 커졌습니다.

치치포는 자신이 거인이 되는 것만 같은 생각이 들었습니다.
손과 발이 먼저 커졌습니다.
발은 오리발을 신은 듯 부풀었고,

그 다음에 팔과 다리가 길어지더니 몸과 머리가 커졌습니다.
먼저 발바닥이 차가운 바닥에 사뿐히 내려섰고, 치치포는
커져버린 자신의 모습을 이리저리 더듬어 보았습니다.

그때 저쪽에서 치치포보다 더 큰 거인이 치치포를 보고
환하게 웃으며 걸어오고 있었습니다.
'이곳에 있는 모든 사람이 다 저렇게 크다면 나는 거인이 아
니겠지.'라고 치치포는 안심하며 속으로 생각했습니다.

치치포에게 다가온 그 사람은 치치포를
갑자기 꼭 끌어안았습니다.
치치포는 따뜻한 체온을 느낄 수 있었습니다.
치치포는 그 사람이 누군지 알 수 없었습니다.

그 사람의 몸에서는 꽃나무에서 나는
향기만큼 달콤하지는 않았지만 치치포의 마음을 편안하게
해주는 익숙한 향기가 났습니다.
바람의 소리가 들려 올 때 느낄 수 있었던
그때의 따뜻함도 느낄 수 있었습니다.

치치포는 몸에 힘이 빠지는 것을 느꼈습니다.
마음은 너무나 편안했습니다. 몸에서 나는 좋은 향기,
따뜻한 온기는 치치포를 완전히 사로잡았습니다.

한참을 그렇게 안겨 있던 치치포는
부끄러운 마음이 들었습니다.
왜냐하면 자신이 꽃나무를 지키지 못했다는
생각 때문이었습니다.
그러자 갑자기 바람의 소리와 똑같은 목소리가 자신을 안
아 주었던 그 사람의 입에서 나왔습니다.
"꽃나무 때문에 걱정하는구나?"

"예. 어떻게 그걸 아셨죠?"

"아들이 무슨 생각을 하고 있는지
아빠가 모르면 가짜 아빠지?"

"아빠라구요? 당신이 제 아빠라구요?"

"그렇단다. 하하."

"당신이 좋은 사람이라는 것도 알겠고 당신과 함께 있으면
내가 너무 행복해질 것 같지만 어떻게 당신이 저의 아빠인
지를 알 수 있나요?"

"치치포야. 혹시 네가 가지고 있던 꽃나무를 기억하니?"

"예."

"그 꽃나무의 향기도 기억하고?"

"예. 그럼요. 모든 곤충들이 좋아했어요.
특히 벌들은 정말이지 꽃나무의 향기와 달콤한 꿀에
정신을 차리지 못했다니까요."

"그 꽃나무의 향기가 지금 너에게서 나고 있단다.
알고 있니? 그리고 치치포 네 따뜻한 온기가 이 아버지의
온기와 똑같지. 그리고 바람의 소리 기억하니?"

"예. 그 감미로우면서도 폭포수와 같은 소리는
정말 지금 당신 목소리와 너무나도 비슷했어요."

"그게 바로 나의 목소리였단다.
그리고 더 이상 꽃나무는 필요하지 않단다.
이 아빠에게 너는 꽃나무보다 소중하기 때문이야.
그리고 치치포 네가 그 꽃나무의 진짜 모습이란다."

"네? 제가 그 꽃나무라구요?!"

"모든 것을 한 번에 알 순 없단다.
그러나 차츰 알게 될 거야.
그리고 굳이 알지 않아도 되는 것들이 있단다.
단지 네가 기억해야 하는 것은 이제부터 그 어느 누구도
치치포 너와 나 사이를 갈라놓을 수 없다는 거야.
그리고 아빠는 끝까지 너와 함께 있을 거고.
무슨 말인지 알겠지?"

"예. 알겠어요."

치치포는 감격했습니다.
머릿속에는 자기가 왜 그곳에 생겨났고 왜 싸워야만
했으며 아빠는 왜 힘겹게 싸우고 있는 자신을 홀로 버려두고
가끔 바람의 소리로만 자신에게 말을 걸었는지 궁금했지만
아빠의 말대로 당장에 모든 것을 알려 하지 않았습니다.

답을 알지 못해도 지금 자신을 안고 있는 아빠가 자신을 사
랑해 주는 것을 느낄 수 있었기 때문입니다.

그리고 '이런 아빠라면 나에게 최고의 것을 주었겠구나.'
하는 생각을 하게 되었습니다.

힘들었던 모든 기억들도 치치포에게는
아빠의 선물로 느껴졌습니다.
그래서 치치포는 심각하지 않은
다른 질문을 하기로 결심했습니다.

"음.. 아빠! 질문 하나만 해도 돼요?"

"네가 지금 나를 아빠라고 불렀니? 하하하"

치치포의 아빠는 치치포가 처음으로 아빠라고 부르자
기분이 날아갈 것 같이 좋았습니다.
그리고는 엄청 큰 소리로 하하하 하고 웃었습니다.

"그런데 제가 빠져나왔던 그 검은색 터널은 뭐 였어요?
너무 어두웠거든요."

"하하. 그건 말이다.
이 아빠의 오른쪽 바지 주머니 입구였단다.
치치포는 그 주머니 안에 있다가 이렇게 주머니 밖으로
아빠를 만나러 나온 거지!
자 이제 이야기는 그만하고
우리 집에 돌아가 파티를 하자꾸나!
네 형들과 누나들도 지금 네가 오기만을 기다리고 있단다!

자, 내 어깨 위에 올라 타거라.
내가 집까지 목마를 태워줄 테니 말이다.
천천히 주변을 구경 하거라.”

치치포는 자신이 아빠의 주머니 안에 있었다는 사실이 믿기
지 않았고 이해할 수도 없었습니다.
그래서 등을 돌리고 앉아 있는 아빠를 바라보며
고개를 한번 갸우뚱했습니다.
그러나 아버지의 넓은 등과 어깨를 보니 폴짝 뛰어 오르고
싶은 충동을 참을 수 없었습니다.

‘에라! 모르겠다! 우선 타고 보자! 지금 모든 것을 다 알 필
요는 없으니까! 아빠랑 집에 가보면 알게 되겠지!’

치치포는 폴짝 뛰어 아빠의 어깨에 올라탔습니다.
아빠는 잠시 몸을 휘청거렸지만
이내 중심을 잡고 벌떡 일어났습니다.
아빠는 치치포를 어깨에 태우고 흥얼거리며
기쁘게 노래를 불렀습니다.
그런데 아빠가 부르는 노래가 이상하게도
어디서 많이 들어본 듯한 노래였습니다.
치치포는 아빠 오른쪽 귀에 대고 엄청 크게 소리 질렀습니다.

“나도 이 노래 알아요!!!”

아빠는 깜짝 놀라 노래를 멈췄습니다.
자칫하다가 치치포를 떨어뜨릴 뻔 했습니다.

“깜짝이야! 너도 이 노래를 안다고? 그럼 같이 부르자꾸나!”

“네! 좋아요! 자! 시작!”
치치포를 바라보면 나를 보아요.
처음엔 치치포는 아무것도 볼 수 없었지만
치치포 눈에 흐른 따뜻한 눈물이 떨어져
이렇게 멋진 아빠의 아들이 되었지요.
모두 와서 치치포를 맞아 주세요..
이렇게 보고 저렇게 봐도 아름다운
나의 사랑 나의 아들 사랑스런 치치포!
치치포와 아빠는 신나게
노래를 부르며 집으로 향했습니다.

치치포

발행일 2022년 12월 15일

지은이 | Truman K
펴낸이 | 마형민
편 집 | 임수안
펴낸곳 | (주)페스트북
주소 | 경기도 안양시 안양판교로 20
홈페이지 | www.festbook.co.kr

ISBN 979-11-6929-166-8 03800
값 19,600원

* (주)페스트북은 '작가중심주의'를 고수합니다. 누구나 인생의 새로운 챕터를 쓰도록 돕습니다. Creative@festbook.co.kr로 자신만의 목소리를 보내주세요.